韓國의 漢詩 18

紫霞 申緯 詩選

한국의 한시 18

자하 신위 시선

허경진 옮김

평민사

머리말

　자하 신위는 시와 글씨와 그림이 아울러 뛰어난 시인이다.
잠시 유배된 적은 있었지만, 평생 벼슬을 했다. 자신은 소론
에 속했지만, 당파가 다른 노론의 김조순·김유근 부자나 추
사 김정희와도 가깝게 지내었으며, 남인에 속하는 다산 정약
용·정학연 부자나 한치응·이학규 등과도 가깝게 사귀었다.
당파를 초월한 그의 학문 교류가 말해 주듯이, 그는 평생을
넉넉하게 살았던 시인이다.

　게다가 정실부인에게서 아들이 없었지만 남들처럼 양자를
들이지 않고 서자에게 대를 물릴 정도로 시대를 앞서갔던 선
각자이기도 하였다. 79살까지 살았던 그의 생애는《경수당
집》에 실린 85권 4,069수의 시가 잘 말해주고 있다. 그러나
그의 뛰어난 시는 국내에서 간행되지 못하고 필사본으로만
나돌았다.

　그의 시가 간행된 것은 조선이 망하기 직전에 중국으로 망
명한 창강 김택영이 중국땅 강소성에서 1907년에 간행한
《신자하시집(申紫霞詩集)》두 책이 처음이다. 그는 신위의 시
가운데 천여 편을 뽑아 간행하면서, 그를 조선 오백년의 제
일 대가라고 추켜세웠다. 그의 시가 워낙 방대하고 그가 사귄
국내외의 학자·문인들이 워낙 많은데다 글씨와 그림에 대한
이야기까지 많아서, 그의 시를 연구하거나 번역하는 작업은

쉬운 일이 아니었다.

그의 시에 대해 이미 여러 편의 논문을 발표한 손팔주 교수의 도움이 없었더라면, 이 번역작업은 아직도 끝나지 못했을 것이다. 〈한국의 한시〉에 신위의 시를 몇 십 편 골라서 번역하여 싣겠다는 계획을 의논하면서 도움을 부탁드린 지가 벌써 5년이나 지났는데, 이제야 겨우 책이 나오게 되었다. 이 책의 해설을 써주시고 많은 가르침을 주신 손팔주 교수님께 감사드린다.

내가 신위의 시에 대하여 관심을 가지게 된 이유는 물론 한국문학사에서 그가 지니는 위상 때문이었지만, 여러 해 전에 구한 그의 필사본 시집 때문이기도 했다.

《경수당집》이나 《신자하시집》처럼 방대한 분량의 시집은 아니었지만, 칠언율시 126수와 칠언절구 12수가 단아한 선비의 글씨로 필사된 이 시집을 처음 본 순간, 나는 너무나 감격스러웠다. 게다가 이 시집에는 한일합방을 반대하면서 음독자결한 우국시인 매천 황현의 한시도 185수나 실려 있었다. 이 두 시인의 시가 함께 실려 있었다는 사실은 신위의 시가 이건창·황현·김택영에게 물려졌음을 입증한다고 할 수도 있을 것이다.

나는 이 시집을 이따금 들쳐보면서, 언젠가는 이분들의 시를 번역해 보겠다고 다짐하였다. 그러나 이분들의 시가 워낙 어려워서, 전집을 번역하기란 너무나 어려운 일이었다.

그래서 전집의 번역은 이 방면의 전문가들에게 미루기로 하고, 우선 초역을 시작하였다. 매천 황현의 시선은 1985년에 간행되어 그해 〈오늘의 책〉에 선정되기도 했지만, 신위의 시선은 그로부터도 5년이란 세월이 더 걸렸다. 물론 그동안 이 시집에만 매달린 것은 아니었지만, 감히 엄두가 나지 않았던 것이다.

늦게마나 시집이 나오게 되어, 자하 시인에게 짐을 벗은 것 같다. 마침 예술의 전당에서 자하 신위의 서화전을 특별기획하였다고 한다. 전시회에 즈음하여 이 책이 나오게 된 것을 굳이 우연이라고 생각하지는 않는다.

시와 글씨와 그림이 아울러 뛰어났던 자하 시인에게, 올해 삼월이 뜻깊은 봄이 되어 너무 반갑다.

— 1991. 1. 10
허경진

차례

우리나라 시인들의 시를 논하다

부록

정지상의 <대동강시>에 차운하여
西京次鄭知常韻

피리 소리가 술잔을 재촉하니 헤어지는 마음 서글퍼라.
술마저 취하지 않고 노래까지도 나오지 않아라.
강물은 저 혼자서 서쪽으로만 흘러서 가네.
물머리 정든 님 위해 동쪽으로 돌려주지는 않네.

急管催觴離思多。　　不成沈醉不成歌。
天生江水西流去、　　不爲情人東倒波。

---

* 이 시는 《경수당집》에 실려 있지 않고, 김택영이 엮은 《신자하시집》에만
  실려 있다. 아마도 신위가 1812년 이전의 작품들을 불태워 없앴을 때
  에 함께 없어졌던 것을 김택영이 찾아낸 것 같다.

백탑

白塔 1812

낡은 성채 서쪽 둔덕 절문 동쪽에
백탑이 먼 하늘 보고 아스라이 섰어라.
길손이 사공 부르며 모래톱에 섰노라니,
백네 개 방울[1] 소리 바람결에 들려와라.

白塔亭亭向遠空。　　古城西畔寺門東。
行人喚渡立沙渚、　　一百四鈴遙語風。

■

＊ 이 시부터 《경수당전고》 제1책 〈주청행권(奏請行卷)〉에 실려 있다.
1) 백탑은 8면 13층인데, 층마다 8면에 방울이 달려 있다.(원주)

태자하[1]

太子河 1812

진나라를 피해 왔다지만 연수(衍水)도 진나라 땅이니 어쩌랴.
태자 단(丹)이 숨었다기에 이름도 태자하라 불러 왔다네.
강가에 이르러 옛일 밝히려 했지만
찬바람 지는 해에 물결만 부서지네.

避秦衍水奈秦何。　　衍水因稱太子河。
我欲臨河徵舊事、　　寒風落日自頹波。

---

1) 중국 요령성(遼寧省) 요양현(遼陽縣) 북쪽 15리에 있는 강물.
　　태자하는 옛날의 연수(衍水)인데, 자객 형가(荊軻)의 진시황(秦始皇) 암
　　살 계획이 실패한 뒤에 연(燕)나라 태자 단(丹)이 이 연수 가운데 숨어
　　있었으므로, 후세 사람들이 태자하라고 이름지었다.

망부석 앞에서

姜女祠傚板上體 三首 1812

1.

강녀사(姜女祠) 앞엔 가을 국화 노랗게 피었고,
강녀사 밖엔 가을 빛이 서늘해라.
다듬이 소리 어디서 들려오는지 나의 애를 태우기에,
고운 눈망울로 멀리 내어다보네.

姜女祠前秋菊黃。　　姜女祠外秋光凉。
藁砧何在空腸斷、　　凝眸睐曼遙相望。

옹방강이 나의 초상화에 지어준 시에 차운하다

次韻翁覃溪方綱題余小照汪載靑畫 1812

1.

소동파가 주빈(周邠)에게 답한 선귀(禪句)가 있어,
그 뜻을 따 집 이름 짓고 또 그림까지 보내 주셨네.
내 묻노리 오백간 속 몇째 탑(榻)에다
맑은 바람 쓸고서 이 몸을 놓으셨는지.

老坡禪偈答周邠。　　取作齋名寫作眞。
問五百間幾第榻、　　淸風淨掃置斯人。

---

*　옹방강이 자하에게 청풍오백간(淸風五百間)이라는 서재 이름을 지어주고, 그 제자 왕여한(汪汝翰)이 그려준 자하의 초상에다 시까지 지어 주었다.

아들 팽석을 집으로 보내고 나서

寄男彭石用坡公韻 1813

1.

하찮은 벼슬아치 노릇에 집이나 생각하는 나그네요,
맑은 가을에 조정을 떠나온 신하일세.
함께 왔다가 너를 먼저 보내곤
이내 돌아가지 못하는 몸이 되었네.

薄宦思家客、 淸秋去國臣。
同來先送汝、 仍是未歸人。

2.

노을 질 무렵에 널 보냈는데
멍하니 앉아 있는 새에 새벽별이 드뭇해라.
네 가는 험한 산길 가만히 헤아려 보니,
지금도 말 타고 망연히 가겠구나.

斜陽送汝處、 痴坐曉星稀。
默數山程險、 放心官馬歸。

■

* 곡산(谷山)에 부임할 때 같이 왔던 아들 팽석을 집으로 보내고 지었다.
** 이 시부터 〈청수부용집(淸水芙蓉集)〉에 실려 있다.

3.

먼 길 걷느라 말도 지쳤고
사방 들판에선 풀벌레가 울겠지.
혼자서 가기엔 네 나이 아직 어리니
말 채찍 잡는 법이나 아는지 모르는지.

官馬倦長程、　　草虫鳴四野。
辛苦在童年、　　何如鞭策把。

4.

밤비가 쏟아질 모양이니
구름 헤쳐낼 칼이라도 얻었으면.
길까지 멀어 나를 생각하느라고
어느 마을 주막에서 울며 누웠겠지.

夜雨欲翻盆、　　抆雲安得劍。
貪程兼戀余、　　啼臥何村店。

5.

비인 관사도 어느새 저물었는데
함께 말 나눌 사람 하나 없어라.
집안 식구 생각이 불현듯 나서
서글픈 마음에 벼슬도 버리고 싶어라.

空齋自日夕、　　無與一言酬。
骨肉轉成憶、　　慨然官欲休。

8.

내 가는 세상길도 이젠 쉴 때가 되었으니,
하늘 끝까지 거의 반쯤은 온 셈일세.
나는 복도 많이 타고난 사람이라서,
아들 손자들이 모여 무덤을 돌봐 줄 테지.

吾行亦可休、　　幾半天涯路。
一種福力人、　　兒孫共守墓。

동선관 눈 속에서

洞仙關雪中 1813

내가 시구를 찾으러 온 걸 동선(洞仙)이 알고서
일부러 용을 보내어 갑작스레 눈을 내리게 했네.
울울창창 푸른 소나무 천만 그루
한꺼번에 그 혼이 고갯마루 매화에게로 돌아왔네.

洞仙知我覓詩來。　　故遣龍公急雪催。
欝欝蒼松千萬樹、　　一時魂返嶺頭梅。

* 동선관은 봉산과 황주의 경계에 있다. 봉산 북쪽 15리 되는 곳에 우뚝
  솟은 바위인데, 사인암(舍人巖) 또는 적암(積巖)이라고도 부른다. 고개
  마루의 길이 좁고 매우 비탈져서, 말을 타고 걸어갈 수가 없다. 영조 22
  년에 성을 쌓아서, 동쪽과 서쪽에 문을 설치하였다. 동선관 행성의 길이
  는 모두 일만구백칠십 보이다. 곡산부사였던 신위가 이 시를 지을 무렵
  에 봉산·토산·강령의 사또들과 어울려 황주와 봉산을 돌아다니며 노닐
  고 있었다.

갑술년 새해 아침
甲戌元朝試筆 1814

곡산 고을 피폐해진 게 벌써 오래 되었다던데
사또 노릇 일 년에 잘한 일이 무어였나.
섣달그믐 밤에는 모든 게 저물더니
새해 첫날 아침이라 맑은 기색 둘렀네.
산이 깊고 속세가 멀어 이 몸 깨끗이 지닐지니
세월 좋고 사람 좋아 뜻 펴기도 쉬워라.
조정에선 세금을 덜자고 의논 또한 한창이니
골에 가득한 봄볕이 태평스레 보여라.

象之凋弊亦云久、　　莅事一年何所成。
除夜飛騰斜暮景、　　元朝氣色占晨晴。
山深俗遠宜藏拙、　　歲美人和易得情。
廟議蠲租兼盪布、　　春光滿峽看昇平。

■
* 이 시부터 《경수당전고》 제2책 〈명금채약지헌존고(鳴琴采藥之軒存藁)〉
  에 실려 있다.

곡산으로 돌아가면서

還赴象山路中書事 1814

집사람과 헤어진 뒤 마음이 바빠서
성안에 잠간 들렀다가 다시 시골로 내려가네.
한식·청명 봄도 저무는 계절
강마을 산동네로 나그네 길을 가네.
고기 잡는 항구가 따뜻해 오리떼가 모이고
나물 솎는 밭엔 향그러이 나비들 날아드네.
이곳 풍경이 날 불러 살게 한다면
채마 가꾸며 편히 쉬는 할아비로 늙겠지.

家人慘別意匆匆。　　暫入城闉又轉蓬。
寒食淸明春暮節、　　水村山廓客程中。
撈魚港暖鳧鷖日、　　挑菜田香蛺蝶風。
是處烟光招我老、　　息機須學灌園翁。

소동파의 생일을 기리며

十二月十九日重摹趙松雪畫東坡遺像仍以星
原舊贈蜀石二十三枚新溪紗羅江石四十枚沉
水銅盆作東坡生日有詩 1814

1.

선생이 황주에 살며 양식이 모자랐건만
구렁에 빠진 백성을 걱정하지 않았던가.[1]
선생이 황주에 살던 나이와 같으니
나도 이젠 마흔여섯이 되었네.[2]

先生乏食居黃州。　　亦有憂民溝壑不。
我是先生在黃歲、　　恰當四十六春秋。

■
* 원제목이 무척 길다. 〈12월 19일에 조맹부가 그렸던 소동파의 초상을
  다시 본따서 그렸다. 그리고는 예전에 성원(星原)이 주었던 촉석(蜀石)
  23개와 신계현 사라강의 수석 40개를 구리 화분의 물속에 담았다. 동
  파의 생일을 맞아 시를 지었다.〉신위는 해마다 12월 19일이 되면 소동
  파의 초상화 앞에 제물을 차려놓고 시를 지었다고 한다.
  사라강은 신계현에서 서쪽으로 십 리 되는 곳에 있다.(원주)
1) 소동파가 46세 되던 1081년에 황주 임고정에 머물러 살았다. 그때 마
   침 흉년이 들었기에, 백성들의 생활을 걱정하였다.
2) 신위도 소동파와 같은 나이에 곡산에 수령으로 내려와서 백성들의 생활
   을 걱정하였다. 그는 전염병으로 황폐해진 고을을 구하려고 세금과 부
   역을 탕감해 달라고 조정에 탄원하였다.

2.

소동파는 마갈이 명궁(命宮)이고 한퇴지는 신궁(身宮)이
었으니
다 같이 훼방이 많은 것도 마갈궁(磨蝎宮) 때문이었네.[3]
마갈이라고 어찌 신명을 그르치랴
두 분은 만고에 하늘이 보낸 사람이셨네.

子瞻爲命退之身。　　　誹毀多同磨蝎因。
磨蝎何曾誤身命、　　　二公萬古是天人。

■

3) 마갈은 열두 별자리 가운데 하나인데, 산양자리이다. 세상 사람들이 운
　 명이 좋지 않으면 마갈이 명궁이라서 그렇다고 말하곤 하였다. 한퇴지
　 와 소동파도 자기들의 운명을 마갈궁이라고 글에 썼으며, 허균도 〈해명
　 문(解命文)〉에서 자기가 묘시(卯時)에 태어났기 때문에 마갈궁이어서
　 참소와 시기를 당하였다고 하였다.

4.

생신이라서 초상화에다 혼을 돌아오게 하고 싶어
조맹부의 그림을 다시 본따 먼지를 씻어냈네.
수석을 꺼내어 맑은 제물로 바치려고
촉석과 사리석을 한 화분에 담았네.

遺像生辰欲返魂。　　　重摹松雪洗塵昏。
手拈怪石修淸供、　　　濯錦紗羅共一盆。

아들 명준이 그린 소동파의 초상을 보며
戲題男彭石畫東坡像 1814

1.

바다 밖의 아이라서 중국에 어두울 텐데
소동파를 능히 사모할 줄 알다니.
선생의 옆 얼굴을 일찍이 나는 보았네.
임술년 가을 강물과 달빛 바람속에서.[1]

海外兒童昧九州。　　也能解慕老坡不。
先生顴頰吾曾見、　　水月風中壬戌秋。

2.

정신까지도 전해지게 그려진 동파의 초상화 일백도 넘어
문장가의 집집마다 정결한 인연 맺었네.
붓끝으로 같은 모습을 구하려고 말아라.
본래의 모습이야 그 누가 보았으랴.

傳神寫照百坡身。　　翰墨家家結淨因。
莫漫毫端求甚似、　　本來面目定何人。

■
1) 소동파가 임술년(1082) 7월 16일에 적벽에서 놀며, 그의 대표작인 〈적벽부〉를 지었다. 강물과 달빛과 바람은 〈적벽부〉의 분위기를 대표하며, 이 글 속에 소동파의 모습이 잘 드러나 있다.

3.

오막살이 한 채도 없는 내 살림이지만
대대로 소동파를 보물로 전한다 해서 그 누가 방해하랴.
수묵으로 다시 마무리했으니
대미(大米)와 소미(小米)의²⁾ 그림이라 불러도 되겠구나.

篳門閨寶吾能無。　　傳業何妨世寶蘇。
水墨更如工補景、　　應呼大小米家圖。

■
2) 북송(北宋)의 서화가인 미불(米芾, 1051~1107)과 그의 아들 미우인(米
   友仁, 1086~1165)을 대미와 소미라고 불렀다. 여기에서 이들을 내세운
   것은 신위가 자기의 초상화와 아들 명준이 그린 초상화를 함께 자랑하
   려고 했기 때문이다. 세상 사람들이 신위와 신명준 부자를 대하(大霞)
   와 소하(小霞)라고 부르기도 했다.

상산의 여러 모습
象山四十詠 1815

6. 벼루 씻는 연못(洗研池)
산골짜기 시냇물 험하게 흘러왔건만
군청 연못에 이르러선 절로 잔잔해졌네.
채마밭 한 번 적시고 나서
남은 힘 있어 벼루까지 씻어 주네.

山溜來雖險、　　官池到自平。
蔬畦助一漑、　　餘力洗淘泓。

7. 시를 찾는 오솔길(尋詩徑)
남들은 시를 찾으러 갔다고 하지만
나는 약을 먹고 내리려[1] 왔네.
갑자기 시인의 경지에 들면
푸른 이끼에 발자취도 남기네.

人謂尋詩去、　　我自行藥來。
忽又入詩境、　　印破靑苺苔。

■
* 상산은 황해도 곡산군의 옛이름이다. 신위는 1813년에 곡산부사로 부
　임하였다.
1) 진(晋)나라와 남북조(南北朝) 시대 사람들은 약을 먹고 잘 내려가도록
　산책하였다. 당나라 시에도 행약(行藥)이 많이 나온다.

21. 옛 성채(達雲古城)

그윽한 곳 찾고픈 마음 어찌 다하랴.
서운한 정은 여운을 남기네.
머언 빛이 푸르스름 비쳐오고
저녁노을은 옛 성채에 물드네.

幽尋意何極、　　　怊悵有餘情。
遠色蒼然至、　　　落暉下古城。

28. 자하담이 옛부터 있어(紫霞潭)

이름 다투어 사가돈(謝家墩)[2]이 있었고
소동파에게도 먼저 소가도(蘇家渡)[3]가 있었지.
내가 자하담에 이르고 보니
이로써 전생의 인연을 깨닫겠어라.

爭名且置墩、　　　來蘇先有渡。
我至紫霞潭、　　　因之夙世悟。

■

2) 남경성 안에 있는 언덕. 진나라 태부 사안(謝安)이 왕희지와 함께 놀던
   곳이다.
3) 소동파가 1090년에 항주 서호(西湖)에 쌓은 둑.

39. 월괘령(月掛嶺)

산골짜기 사람들은 호랑이를 막느라고
날이 저물기 무섭게 사립문을 닫는다네.
오직 세금을 재촉하는 아전만이
괘월촌 골목을 제멋대로 휘젓고 다니네.

峽人防虎密、　　　日暮早關門。
猶有催租吏、　　　橫行挂月村。

한보정

閑步亭 並序 1816

관아 서쪽에 있는 조그만 곁문으로 나가면 밭 사이 시냇가에 길이 나 있다. 남여를 버리고 그 길을 따라 한가로이 거닐면 남산의 북쪽에 이르게 된다. 바위 아래에 옹달샘이 있는데, 곡산 고을에서도 으뜸가는 물이다. 오래 마시면 모든 병을 고칠 수 있다고 한다. 그래서 그 옆에다 조그만 정자를 세우고, 샘물을 길어 차를 달이는 곳으로 삼았다. 그리고는 〈예천명(禮泉銘)〉[1]에서 "서쪽의 성을 한가롭게 거닌다"라는 말을 따다가 이 정자의 이름을 '한보정'이라고 지었다.

수레를 대신하여[2] 천천히 걸어가는 곳에
삿갓처럼 조그만 정자가 서 있네.
돌을 골라서 시 쓰는 벼루를 놓게 하고
샘물을 길어다가 차를 끓이게 하였네.
나야 있다가 떠나야 할 사람이지만
이곳에만 오면 마음 한가로워지네.

■

1) 당나라 때에 세운 비석이다. 정관 6년(632)에 태종이 섬서성 구성궁으로 피서갔는데, 물이 모자랐다. 그래서 지팡이로 땅을 팠더니 물이 나왔는데 그 맛이 달았다. 그 샘의 이름을 예천이라 하고는 비석을 세웠다. 글은 위징이 짓고, 글씨는 구양순이 썼다. 지금 섬서성 인유현에 있는데, 당나라 때에 으뜸가는 서법이다. 원래의 이름은 〈구성궁예천명(九成宮禮泉銘)〉이다.
2) 《전국책(戰國策)》〈제책(齊策)〉에 "밥을 늦게 먹어서 고기를 먹는 것과 맞먹게 하고, 편안히 걸어서 수레를 타는 것과 맞먹게 한다.[晚食以當肉安步以當車]" 하였다.

게다가 관청일까지 한가로운 곳이니
뒤에 오는 사람에게 물려주어도 좋겠네.

當車緩步處、　　　如笠小亭開。
選石安詩硯、　　　斟泉注茗杯。
行將吾去矣、　　　且復此悠哉。
一段閑公案、　　　無妨贈後來。

춘천부사로 부임하여

赴任壽春簡寄斗室冢宰 1818

이 몸은 쓸모없어 동쪽 고을로 왔건만
강산이 아름다워 못난 재주를 위로해 주네.
이미 옛사람들도 오히려 면하지 못했으니
하물며 옹졸한 나에게야 마땅한 일이지.
백성은 가난하고 땅은 척박해 살림 이끌기 어렵지만
고기 맛있고 채소 향그러워 술잔을 씻을 만하다오.
선옹께 고마운 마음을 이 편지로 대신하니
봉래산 가까운 십주의 소식이라오.

此身無用且東來、　　賴有江山慰不才。
已在古人猶未免、　　況於迂拙儘宜哉。
民貧地瘠難携室、　　魚美蔬香可洗杯。
多謝仙翁聊借便、　　十洲消息近蓬萊。

■

* 1818년에 춘천부사로 부임하였을 때 호조판서 심상규(1766~1833)에
  게 보낸 시이다. 수춘(壽春)은 춘천의 옛 이름이다.
** 이 시부터 《경수당전고》 제5책과 제6책 〈맥록(貊錄)〉에 실려 있다.

맥풍 12장

貂風十二章 1819

남옥(南玉)의 시 가운데 〈맥풍(貂風)〉이라는 5언 고시가 있었다. 내가 맥땅(강원도)에 온 지도 벌써 한 해가 넘었다. 풍년과 흉년, 가뭄과 홍수로 걱정을 나누는 데에 관계가 있으므로, 이에 〈맥풍〉을 취하여 7언 절구로 옮겨서 노래 부르거나 읊기에 편하도록 하였다. 권농관으로 하여금 농요(農謠)로 대신하게 하여 농사를 권장하려고 한다.

1. 보리와 밀(麰麥)
한 해에 두 번 심어[1] 지력을 탐하지 말게.
해마다 부지런히 두 번 갈기를 좋아하게나.
삼복을 지내자 썩은 풀은 거름 되고
지난 가을 심은 보리로 한 마을이 배부르네.

地力休貪食兩根。　　每年還好熱耕勤。
化膏腐草經三伏、　　宿麥連雲飽一村。

---

1) 한 해에 두 번 심는 것을 양근(兩根)이라 하고, 한 해에 두 번 가는 것을 열경(熱耕)이라고 한다.(원주)

2. 귀리(鬼麥)

하궁(夏窮)이 춘궁보다 어려운 줄을 그 누가 알랴.
푸르고 누른 귀리가 사람을 구제하네.
뜨락에 쌓여 있는 수십 섬 귀리로
미천한 몸도 옥관자 달고[2] 출세하기 어렵잖아라.

誰知窮夏劇窮春。	鬼麥靑黃也濟人。
有此堆庭數十斛、	不難頂玉發微身。

9. 목화(木綿)

장미 피는 입하 절기를 놓칠까 두려워라.
지난해에 다래는[3] 너무 드물었네.
장마비가 다래에 떨어질까봐 겁나라.
양식 없는 산사람에게도 옷은 있어야지.

■
2) 산속에 보리첨지가 많다.(원주)
   첨지는 첨지중추부사의 준말인데, 정3품 무관직이다. 흉년이 들었을 때
   에 곡식을 바쳐 가난한 백성들을 구제하면 조정에서 동지(同知)라는 직
   함을 하사하였는데, 실제의 벼슬은 아니다. 보리첨지도 동지처럼 보리
   를 나누어주고 받은 명예직이다.
3) 입하 무렵에 장미꽃이 피면 목화를 심을 시기가 된다. 꽃집을 도자(桃
   子) 또는 청낭(靑囊)이라고 부른다.(원주)

36

恐失薔薇立夏時。　　上年桃子太嫌稀。
雨淋怕向靑囊滴、　　無食山家苟有衣。

10. 삼(麻子)

삼을 가꾸는 법으로는 빽빽한 게 으뜸이라네.
줄기가 드물게 나면 좀 먹을까[4] 두려워라.
관솔불 밝히고 차르륵차르륵 베를 짜는데
석새는 뉘역감이고 닷새는 치맛감일세.

藝麻之法先須密、　　生怕稀莖蠹食傷。
照室松明車軋軋、　　三升襪裌五升裳。

■
4) 삼이 드물게 나면 좀이 먹는다.(원주)

청평동 어귀

清平洞口 1819

큰 강이 꺾이어 흐르는 곳에
작은 시내들이 와서 모이네.
선경과 속세가 이곳을 경계로 삼았을까
시냇가를 지나가며, 짐짓 의심해 보았어라.

大江折流處、　　小溪來會之。
仙凡此爲界、　　過溪吾自疑。

고갯마루의 꽃

山頂花 1819

고갯마루 험한 곳에다 누가 이 꽃을 심었을까.
붉은 잎들이 어울러 떨어져서 비처럼 쏟아지네.
구름 기운 속에서도 소나무는 푸르고,
사람 사는 집 한 채가 그 속에도 있네.

誰種絶險花、　　雜紅隕如雨。
松靑雲氣中、　　猶在一家住。

구송정 폭포

九松亭瀑布 1819

이 고개에 소나무가 만 그루나 있건만
누가 겨우 아홉 그루라고 세었던가.
신령스러운 경계라서 기이한 변화가 어지러우니
한 줄기 폭포가 홀연 두 줄기로 쏟아지네.

此嶺萬松耳、　　誰能以九數。
靈境眩奇變、　　一瀑忽雙注。

박연폭포

朴淵 1819

5.

사다리를 타고서 구불구불 내려가,
지나온 길 돌아다보니 아득히 매어 달렸어라.
바위는 나는 듯하고 산은 땅에서 뽑혔는데,
시냇물이 세워진 듯 폭포는 하늘에서 떨어지네.
공중에서 풍류 소리가 스스로 나서 들려오니,
뭇 사람이 떠드는 소리쯤은 자못 들리지도 않을레라.
바야흐로 알았으니 어젯밤 자던 곳은
그윽하게 떨어져 흰 구름으로 덮여 있었구나.

頹棧盤盤下、　　迴看所歷懸。
巖飛山拔地、　　溪立瀑垂天。
空樂自生聽、　　衆喧殊寂然。
方知昨宿處、　　幽絶白雲巓。

* 이 시부터는 《경수당전고》 제6책 〈숭연록(崧緣錄)〉에 실려 있다.

낚시터에서 달을 보며

夜釣臺弄月 1819

출렁이는 물결 위에 달이 떴고
무성한 나뭇잎 새로 서리가 내려,
서리빛 달빛 함께 어울려서
떨어져내리니 물안개 아득해라.
낚시터에 한 조각 바윗돌이 있어
물 가운데 서서 달을 바라보니
밤이 얼마나 깊은지는 모르겠건만
사람 그림자가 차츰 길어 보이네.

溶溶波上月、　　　塗塗葉間霜。
霜光與月色、　　　併墮烟渺茫。
釣臺一片石、　　　據此水中央。
不知夜深淺、　　　漸見人影長。

■
* 이 시는 중국에서 간행된 《신자하시집》 원문을 편집하였다.

나그네의 물음에 답하다

答客問 1819

벽 위에는 호리병 하나만 있고
마루 아래에는 나귀 한 마리만 있네.
호리병과 나귀도 공연히 마련했지.
내려다 차지도 않고 타고 달리지도 않는다네.
나그네가 와서 주인에게 물으면
주인은 다만 사양할 뿐일세.
살구꽃에 비가 내리면 술을 짜고
단풍 드는 가을이면 시를 찾아 나선다네.
때때로 달리고 또 마시니
나그네여! 그대도 또한 뜻이 있는가.

壁上一葫蘆、　　堂下一匹驢。
葫蘆驢虛設、　　不挂又不馳。
客來問主人、　　主人但謝辭。
榨酒杏花雨、　　尋詩紅葉秋。
時時馳且挂、　　客亦有意不。

■
* 이 시부터는 《경수당전고》 제7책과 제8책 〈벽로방고(碧蘆舫藁)〉에 실려
  있다.

강호로 가겠다고 늘 말했지만

碧蘆吟 1819

2.

푸른 갈대가 저절로 돋아났네.
심지도 않았는데 푸르게 떨기를 이루었네.
문앞에는 수레와 말의 길이 났건만
한 조각 가을 소리를 대하네.

碧蘆自羅生、　　翠叢非種成。
門前車馬道、　　一片對秋聲。

4.

강호(江湖)로 가겠다고 늘 말했지만
강호로 간대야 산업이 없네.
벼슬도 그만두고 한가한 세월 보내니
이게 바로 조그만 강호가 아니던가.

每說江湖去、　　江湖産業無。
罷官閑日月、　　此是小江湖。

■

＊ 장흥방 집에 올해 푸른 갈대 몇 떨기가 저절로 정원에 돋아났다. 어떤
사람이 이르기를 "주인에게 강호로 물러나 머물 기상이 있다"고 말하
였다. 그래서 벼슬에서 물러난 뒤의 작품들을 모아서 〈벽로방고(碧蘆舫
藁)〉라고 이름붙였다. 이 해 가을에 춘천부사에서 쫓겨났다. ―《경수당
전집》 권15 〈벽로방고〉 서문

맑은 바람 오백 간 집
次韻篠齋夏日山居雜詠 二十首 1820

16.

내 누워서 들으니 선로(禪老)가 남산에 들어가
맑은 바람 오백 간을 깨끗이 쓸었다던데[1]
청풍 오백 간으로 서재 이름은 정한 뜻은
그대와 반씩 나누어[2] 한가로움을 같이하려 함일세.

臥聞禪老入南山。　　　淨掃淸風五百間。
此有名齋精義在、　　　與君分半共消閑。

---

1) 전부 소동파의 시구를 따다 쓴 것이다.(원주)
　〈청풍 오백간〉은 옹방강이 신위에게 지어 준 서재의 이름이기도 하다.
2) 나의 서재 이름이 〈청풍 오백간〉이니, 그대와 절반씩 나누어 가져도 이
　백오십 간은 될 것이다. 그래도 청풍이 매우 좁지는 않을 것이다. 이것
　은 소동파가 말한, "저녁 바람과 지는 해는 원래 주인이 없어, 맑고 서
　늘함을 그대와 나눠 가지더라도 서운치는 않네.(晚風落日元無主, 不惜
　淸凉與子分)"라는 구절의 뜻과 같다.(원주)

잡서

雜書 1820

1.

잡된 글로 지혜를 다하니 뉘우치는 마음 돌아드네.
머리 희어지도록 이룬 게 없으니 참으로 슬퍼라.
주흥사의 《천자문》과 증선지의 《사략》을
처음부터 다시 한 번 읽고 싶어라.

雜書汩智悔心回。　　白首無成儘可哀。
周氏千文曾氏史、　　從頭更欲劈將來。

2.

국가의 계책과 백성의 근심이 어찌 두 갈래이랴.
이제는 길이 막혀 점점 어려워라.
나는 중년부터 나랏일에 종사했건만
학문 닦던 그전보다 훨씬 못해라.

國計民憂豈兩歧。　　而今窒礙漸難爲。
我當從政於中歲、　　大不如前講學時。

* 이 시는 《경수당전고》 제8책 〈벽로방별고〉에 실려 있다.

3.

나라 안에서 모두가 양반만 숭상하니
어리석은 백성들은 사치에만 뜻을 두네.
사람마다 마음 졸이며 신분 바뀌기만을 좇으니
그 누가 분수에 맞게 해묵은 병을 고치려나.

國中崇尙兩班家。　　遂使愚甿意望奢。
人盡苦心趨變化、　　誰當安分注年疤。

4.

선비도 본시는 사민(四民) 가운데 하나일 뿐
처음부터 귀천이 다른 건 아니었지.
낫 놓고 기역자도 모르며 헛된 이름만 지녔으니
요즘은 참된 농·공·상이 가짜에게 부림받네.

士本四民之一也。　　初非貴賤相懸者。
眼無丁字有虛名、　　眞賈農工役於假。

5.

재주와 총명은 한가지건만
잘 살고 못 사는 것은 크게 달라라.
하늘이 조씨 맹씨 집안[1]에만 복을 주더라도
어찌 모두들 신(申)과 보(甫)[2]만 낳으랴.

才智聰明一樣家。　　　榮枯冷暖太參差。
天於趙孟家偏賦、　　　豈盡生申及甫耶。

6.

재주가 있건만 등용하지를 않으니 어찌 하늘의 뜻이랴.
빛나는 가문에도 금고에 묶인 백성이 있네.[3]
사해(四海)·구주(九州) 천만 년을 통틀어 보아도,
서선[4] 같은 사람은 다시 없어라.

■

1) 여러 대에 걸쳐서 영화를 누리던 귀족 집안이다.
2) 주나라의 제후들이다. 《시경》「숭고(崧高)」편에 신백(申伯)과 보후(甫侯)가 나온다.
3) 《경국대전》에 서얼의 자손에게는 문과·생원·진사의 시험에 응시하는 것을 허락하지 않았다. 나중에 "자손"이라는 두 글자를 "자자손손"으로 고쳤다. 문과에 응시하지 못했으므로, 높은 벼슬에도 오르지를 못했다. 그래서 선조 이래 여러 차례에 걸쳐서 수많은 서얼과 양심적인 사대부들이 서얼차별을 상소하여 차츰 숨통을 터 주었지만, 끝내 요직에는 오르지를 못했다. 그래서 양반들이 적자(嫡子)를 낳지 못하면 비록 서자

有才不用豈天意。　　烜爀家門禁錮民。
四海九州千萬古、　　再無徐選這般人。

7.

사천(私賤)과 짐승은 큰 차이가 없으니
외갓집 신분에 걸려 출세 못하게 되었네.
어미 때문에 낮아도지고 높아도지니
아비 자리가 무시되는 걸 장차 어찌하랴.

私賤夷禽不較多。　　外家門地坐蹉跎。
人能以母有低仰、　　父道不尊將奈何。

■

　　가 있더라도 다른 집의 자식을 데려다가 양자로 삼아 대를 이었다. 그
　　러나 신위는 부인 창녕 조씨(曺氏)가 아들을 낳지 못하자, 부실 조씨(趙
　　氏)가 낳은 서자로서 대를 잇게 하였다.
4) 태종 15년인 1415년에 우대언(右代言) 서선(1367~1433)이 서얼방한
　　(庶孽防限)의 법을 주장하였는데, 1469년에 《경국대전》이 완성되면서
　　서얼금고의 제도가 더욱 심해졌다.

8.

양반이란 이름에 얽매인 늙은 생원이
제 부모와 처자식도 봉양하지 못하네.
여느 백성들처럼은 차마 살지 못하고
문호(門戶)만 생각하니 너무나 가련해라.

班名桎梏老生員。　　　父母妻兒難保全。
未忍與民同做活、　　　爲門戶計亦堪憐。

9.

가문을 팔아먹는 명문 집안의 후손이
높은 의관을 쓰고 마을을 멋대로 돌아다니네.
백성들을 삼키고 물어뜯어 생계를 삼을 뿐
조정의 명령도 모르고 관도(官道)도 모른다네.

家門販賣遙遙胄。　　　閭里橫行岌岌冠。
吞噬生靈作家計、　　　不知朝令不知官。

10.

인재를 가려 쓰는 게 올바른 행정이니
임기가 다할 때까지는 송사를 해결해야지.
자네들 처음 벼슬하여 행정을 맡게 되면
근본과 문벌은 묻지 말게나.

揀擇吏才是實政。　　滿瓜詞訟可聽陳。
願君初仕澄淸日、　　莫問淵源閥閱人。

11.

예부터 남들에게 나라의 힘을 말할 적에는
병졸과 수레, 옷감과 곡식에다 황금을 들었네.
요즘엔 나라도 백성도 돈만 우러르니
예전에는 지금처럼 치졸한 적이 없었네.

古來國富向人談。　　卒乘麻絲粟米金。
一切公私仰錢幣、　　從前未有拙如今。

12.

상평통보 틀이 생겨난 이래
나라에선 이름도 고치지 않고 해마다 찍네.
역대의 〈전폐고(錢幣考)〉를 읽어보게나.
한 이름으로 몇 년 동안이나 통용되었던가.

常平通寶鈱形成。　　官鑄年年不改命。
歷代試看錢幣考、　　一名能得幾年行。

13.

부잣집에 돈 쌓아두겠단 생각이 어리석어라.
관청에서 쟁여두는 것도 마땅치 않네.
모였다가는 흩어지고 흩어졌다간 다시 모이니
끝없이 돌고 돌 뿐이지 네 것은 아니라네.

富室鈱錢計已癡。　　官倉藏繈亦非宜。
合而復散散而合、　　循若無端非爾私。

15.

비록 먼 뒷날의 우환을 대비해 군사를 기른다지만
장교가 너무 많으니 줄여야 하겠네.
병사 한 사람에 세 사람이 신포를 바치니
사람과 물건을 다 쓰고 나면 뒷일이 어려워라.

都下養兵雖遠慮。　　太多權設只堪刪。
一兵三保徵身布、　　人物耗時掉尾難。

21.

백성 병들고 나라는 좀먹었으니, 어찌 까닭이 없으랴.
잠도 자지 않고 밥도 먹지 않으며 생각해 보았네.
모두가 돈과 양반 때문이니
하루아침 하루저녁에 끝날 걱정이 아닐세.

病民蠹國豈無由。　　我亦不眠不食求。
錢與兩班而已矣、　　噫非一夕一朝憂。

23.

서울에서는 모든 물건을 사서 쓰는데
온갖 물건 값이 치솟으니 한숨만 나오네.
물건이 돈 만큼이나 귀하게 되니
백성들이 즐겁게 살 수가 없네.

京師無物不都沽。　　百貨騰翔堪一吁。
物貴如錢不相下、　　到頭民庶樂生無。

25.

닥나무 농사지은 밭을 심하게 장사꾼이 독점해
발잡이 방아잡이를 조정하며 흉년이라네.
나도 가난하게 사느라고 종이 한 조각 없어
찢어진 창틈으로 비바람 맞으며 겨울을 지내네.

甚之橫占楮田農。　　操縱簾砧告荐匈。
我亦窮居無寸紙、　　破窓風雨過三冬。

26.

생선국 쌀밥에다 무명옷이면
우리나라 옷과 음식도 훌륭한 편이지.
청나라 물건 생각해 봐야 쓸모가 없네.
약재와 도서 말고는 무얼 구하랴.

羹魚飯稻木綿裘。　　畢竟吾鄕衣食優。
燕物細思無實用、　　藥財書圖外何求。

31.

교만과 사치가 어찌 나라의 복이 되랴.
공손과 검소가 재상의 근본일세.
윗사람 하는 짓을 아랫사람이 본받으니
이런 일들 후회할 날이 없지 않으리라.

驕奢豈是國家福。　　恭儉方爲宰相基。
下效上行寧不畏、　　事都非後悔無時。

32.

작은 고을을 합쳐야 된다고 말하는 이도 있지만
내 생각에는 큰 고을을 나눠야만 하겠네.
관청에서 멀리 떨어진 마을은 너무나 궁벽해서
길들이기 어려운 새나 짐승떼 같아라.

議者或論並小縣。　　我言大處尙宜分。
距官坊里纔深僻、　　已是難馴鳥獸群。

조구형의 죽음을 슬퍼하며

趙衢亨哀辭 1821

1.

죽어서는 짚에 싸여 묻히고
살아서는 오두막에 머물렀지.
스무 해나 나를 따랐건만
그 노고를 갚지 못해 한스러워라.
평생을 나 때문에 가난하여
험난한 생활을 피할 수가 없었지.
이롭게 할 마음이야 어찌 없었으랴만
어려운 일 많다 보니 어찌하랴.
처음 올 때에는 검은 다박머리더니
끝내 백발이 못 되어 갔구려.
처지가 천했다고 말하지 마소.
언제나 생각해 보면 인품이 높았었네.

死爲藁草葬、　生也居蓬蒿。
從我二十年、　恨不償積勞。
平生坐我窮、　險艱無所逃。
豈無利濟心、　盤桓奈屯膏。
初來垂綠髫、　竟未及白毛。
休言地分賤、　每思人品高。

입춘날 눈이 내려
十二月二十四日立春雪拈坡韻三首 1822

1.

오늘 아침 내린 눈이 한 자가 넘을 텐데
땅에 떨어지자마자 봄볕에 녹았네.
흩날려 푸른 기와지붕에 쌓이지 못하고
희부옇게 홍교 쪽으로 휩쓸려가네.
사람과 매화가 마주하니 서로 비슷하게 맑아라
까막까치는 숲속에 들어가서도 고요하기만 하네.
생기 돋구는 봄바람을 어디 가면 볼 수 있을까
큰길가에는 다시금 버들가지가 늘어졌네.

今朝得雪應深尺、　　落地春陽旋旋消。
飄瞥未堪留碧瓦、　　糢糊纔辨去紅橋。
人梅對榻清相似、　　鴉鵲投林靜不囂。
活潑東風何處見、　　街頭還有柳千條。

■
* 앞의 시부터 《경수당전고》 제9권과 제10권 〈화경승묵(花徑賸墨)〉에 실
려 있다.

낙엽 지는 소리를 들으며

後落葉詩三首初白韻 1825

3.

누가 푸른 산길을 가면서
낙엽들이 하는 말을 가만히 들었는가.
사각사각 또 서걱서걱
우수수 떨어져 서로 남이 되었어라.
서글픈 바람은 동쪽 언덕을 휩쓸고
서쪽 바위에다 비를 뿌리는구나.
사람마다 귀가 있어 들을 수 있다지만
가을 소리는 처음부터 주인이 따로 없다네.
언제나 쉬이 떠나가 버리기를 싫어하고
쫓아가 찾는 건 나그네만 같아라.
올 가을엔 참으로 저버리지 않으리니
지팡이를 짚고서라도 그대를 따르리라.

誰向靑山裡、　　靜聽落葉語。
刁刁復調調、　　于喁相爾汝。
悽風卷東岡、　　灑作西巖雨。
人人耳有得、　　秋聲本無主。
每嗟易失去、　　追覓似行旅。
今秋眞不負、　　杖策携仙侶。

■
* 이 시부터《경수당전고》제12책과 제13책 〈홍잠집(紅蠶集)〉에 실려 있다.

눈에 반쯤 묻힌 집을 그리고 싶어

臘八雪後用蕉韻 二首 1826

1.

늙어가며 시를 지을수록 자잘하게 많은 걸 버리니
스님처럼 담담한 맛이 계율처럼 엄해라.
잠이 적어지니 지난 일들을 어찌 꿈꾸랴.
겨우내 맨밥을 먹고 소금기도 없앴네.[1]
대나무를 꺾지 않으려고 바람은 섬돌만 울리고
책을 보라는 듯이 눈이 처마를 비추네.
누구네 집이 눈에 반쯤 묻혔는지 그리고 싶어
아직 묻히기 전에 정자 위로 나와 보았네.

詩回老境掃穠纖、　　一味如僧戒律嚴。
往事少眠那入夢、　　全冬淡食欲無鹽。
不因折竹風驚砌、　　似爲看書雪映檐。
畵意誰家山半屋、　　未隨埋沒出亭尖。

■
1) 올해 겨울엔 치아에 병이 생겨, 음식을 제대로 맛볼 수가 없었다. 냄새나
　는 음식을 먹으면 문득 잠을 이루지 못했다. 그래서 이렇게 썼다.(원주)

아내의 죽음을 슬퍼하며

悼亡六絶 1827

2.

나야 사는 것이 지리하건만 좀더 머무르게 되었소.
부인은 세상을 떠나자 백 가지 걱정이 없어졌구려.
그대에게 정 붙인 백발의 교전비(轎前婢)[1]가
상식(上食)을 올릴 때마다 울음을 그치지 못하는구려.

我自支離且小留。　　夫人厭世百無憂。
癡情白髮轎前婢、　　上食移時哭未休。

4.

신부가 처음 올 때에 열세 살이었는데
늙고 쇠약해질수록 금슬이 좋아졌네.
돌아가는 길에 함께 못 간다고 한탄하지 마오.
마지막엔 우리 신주[2]가 한 감(龕)[3] 속에 들 테니까

■

* 이 시부터 《경수당전고》 제13책 〈창서존고(倉鼠存藁)〉에 실려 있다.
1) 시집 올 때 데려오는 계집종을 교전비라고 부른다.(원주)
2) 원문의 율주(栗主)는 밤나무로 만든 신주이다. 율(栗)자에는 전율(戰栗)
   한다는 뜻도 있으므로, 삼가 공경하는 모습을 나타내려고 밤나무로 만
   들었다.
3) 신주를 모시어두는 장을 감실이라고 한다. 성체를 모시는 방도 감실이다.

新婦初來恰十三。　　　從衰得老老鸞驂。
歸程莫以參差恨、　　　栗主終同住一龕。

5.

석곡(夕哭)하니 등잔불에 옛방이 썰렁하구려.
벌레 소리 찍찍거려 가을 문턱 처량하구려.
그대 생시에 피었던 꽃들이 아직도 남아 있어
원추리 꽃이 봉의 부리를 누렇게 물었구려.

夕哭燈光冷舊房。　　　陰蟲唧唧向秋凉。
生時節物今猶在、　　　萱草花含鳳嘴黃。

6.

샘·돌·안개·구름에 아직 인연이 다하지 않아
자하산 밑에 한가로운 밭을 가졌었지요.
이 가운데 행장을 이미 반이나 풀고서
부인을 먼저 보내 왼쪽 언덕에 묻었다오.

泉石烟雲未了緣。　　　紫霞山下有閑田。
此中已卸行裝半、　　　先送夫人啓左阡。

가을 장마

秋雨歎 二首 1827

2.

성안에 열흘 동안 장마가 쏟아져
장작 장사 한 사람도 들어오지 못하네.
장작이야 없어도 수레를 뜯어 불 지핀다지만
쌀이 없으니 밥을 지을 수 없네.
덮던 이불도 흠뻑 적었고
담장과 지붕은 날마다 허물어져 내려앉으니,
하늘 개이기를 얼마나 오래 기다렸던가?
백 가지 걱정은 언제나 없어지려나?
부엌에선 연기도 일지 않고 고즈넉한데
벌써 한낮이 되었다고 종이 저절로 울리네.[1]

城中十日雨、　　　柴商不入城。
無柴尙煖車、　　　無米炊不成。
衾裯任凄濕、　　　墻屋日頹傾。
一晴待已久、　　　百憂何時平。
厨煙不起寂無事、　已到午時鍾自鳴。

개성에도 자하동이 있어

崧陽有紫霞洞李留守_{鍾運}因地見憶有詩相寄
次韻謝答 二首 1827

1.

이 못난 자하 늙은이가 무엇이라고
사또 덕분에 여기 와 보니 회포도 많아라.
사안의 언덕과¹⁾ 소동파의 둑.²⁾
그들의 이름과 너무도 머니, 내 이를 어찌하랴.

何物龍鍾老紫霞。 　　　得公因地見懷多。
謝家墩與蘇家渡、 　　　名實相懸奈我何。

■
1) 남경성 안에 있는 언덕. 진나라 태부 사안(謝安)이 왕희지와 함께 놀던
  곳이다.
2) 소동파가 항주 서호(西湖)에다 1090년에 둑을 쌓았다.

진사 남상교의 시에 차운하여

次韻南雨村進士寄示春日山居絶句 十五首
1827

5.

가난한 집에 딸이 셋이나 있어[1]
언니 하나만 지난해에 시집보냈네.
두 아우도 언니만큼 자랐기에
영감 할미 둘이서 마음 더욱 가엾게 여기네.

貧家三娣妹、　　一娣嫁前年。
二弟女娣長、　　翁婆心更憐。

6.

술 사오고 책 빌리는 것말고는
옷 입고 밥 먹을 계획이 따로 없네.
계집종[2]이 학식 넓은 군자를 사랑하여
흰 머리가 되도록 보살핀다네.

■

* 이 시부터 《경수당전고》 제14책 〈시몽실소초(詩夢室小草)〉에 실려 있다.
1) 우촌에게는 세 딸이 있다.(원주)
　 우촌은 나중에 목사를 지낸 남상교(南尚敎)의 호이다. 문장으로 이름이
　 높았지만, 천주교를 믿었다는 죄 때문에 1866년에 사형을 당하였다.
2) 집안에 늙은 초청이 있는데, 살림을 이십 년이나 보살펴 왔다.(원주)
　 초청은 당나라 때에 장지화가 황제로부터 하사받은 계집종의 이름이다.

65

除沽酒借書、　　別無衣食謀。
樵靑愛博雅、　　相守今白頭。

12.

성안과 시장바닥에는 인심이 사납지만,
산골 마을에는 모든 것이 선량해라.
초가집 서너 채 모여 살지만,
닭소리 개소리도 모두가 태평시대일세.

縣市人心惡、　　山村物性良。
茅柴四三屋、　　雞犬盡義皇。

13.

어여쁜 계집애들이 떼를 지어서
부드러운 손으로 파란 나물을 캐네.
〈산유화〉3) 가락이 처량해서
탄식 소리가 그치질 않네.

群群小婭姹、　　纖纖挑菜靑。
山有花悽婉、　　雙喉音不停。

■
3) 〈산유화〉는 민요 이름이다.(원주)

다산을 만나지 못하고

楊根守李稚行書致香蔬索余紫霞山莊圖以詩
答之 四首 1827

2.
용문산 경치가 선창을 스쳐가네.
36년 전에 강을 타고 내려갔었지.[1]
다산과 절간에 이틀밤 묵으면서
등잔불 돋우며 문예를 논하려 했었지.[2]

龍門山色掠船窓。　　卅六年曾下峽江。
擬與籜翁論藝去、　　佛庵信宿剔寒缸。

■

* 원 제목이 길다. 〈양근군수 이치행이 편지와 향긋한 나물을 보내면서
　나에게 자하산장도(紫霞山莊圖)를 요청하기에 시를 지어 답하다.〉

1) 임자년(1792) 여름에 영가(永嘉, 안동)에서 돌아오는 길에 충주에서부
　터 배를 타고 이 골짜기를 지나갔다.(원주)

2) 내가 정탁옹과 용문산 절에서 한번 만나기로 약속했지만, 아직까지도
　그 약속을 지키지 못했다.(원주)
　탁옹은 정약용(1762~1836)의 호이다.

섣달 그믐에 동파집에 장난삼아 차운하다
歲暮戲次韻坡集三詩 1827

1. 궤세(饋歲)

섣달그믐에 바다와 육지의 산물들을 선물로 보내
그것들을 받아서 반찬을 보태지.
꾸러미로 사서 서울로 달리니
팔도 사방의 화물들이 모두 모여드네.
물을 건너는[1] 사람 따라 춥게도 살고 따뜻하게도 살 듯이
수레를 탄 관리에도 높고 낮음이 있네.
가난한 마을에는 선물이 오지 않아
쓸쓸하게 굶주린 채 누워만 있네.
세력가의 문 앞에는 발길이 이어져
진귀한 산물로 좌석을 놀라게 하니,

* 소식(蘇軾)의 〈궤세(饋歲)〉, 〈별세(別歲)〉, 〈수세(守歲)〉 시 서문에 "한 해가 저물 때에 서로 음식물을 가지고 문안하는 것을 궤세라 하고, 술과 음식을 마련하여 서로 불러 함께 마시는 것을 별세라 하고, 섣달 그믐 저녁부터 이튿날 새벽까지 잠을 자지 않는 것을 수세라 한다. 촉(蜀) 지방의 풍속이 이와 같다. 내가 기하(岐下)에서 벼슬살이를 하면서 세모에 고향으로 돌아가고픈 생각이 있었지만 갈 수가 없어서 이 3수의 시를 지어 자유(子由)에게 부친다." 하였다. 자유는 소식의 아우 소철(蘇轍)의 자이다.

1) 게(揭)는 옷을 걷고 물을 건너는 모습이고, 려(厲)는 옷을 입은 채로 물을 건너는 모습이다. 《시경》 패풍 〈포유고엽(匏有苦葉)〉에 "물이 깊으면 옷을 입은 채로 건너고, 물이 얕으면 옷을 걷고 건너지(深則厲, 淺則揭)"라는 구절이 있다.

세태는 파리가 냄새를 따르듯
인정은 개미가 맷돌을 맴돌 듯하네.
푸른 등불만이 술 한 동이를 비추는 가운데
나도 또한 한 해를 보내네.
어찌 반드시 술잔을 주고받아야만 하랴.
회답하는 이 없는 지가 벌써 오래 되었다네.

饋歲水陸品、　　得以飯飱佐。
包苴走京輦、　　湊集八方貨。
揭厲人冷暖、　　軒輊官小大。
窮巷槪不及、　　蕭然有飢臥。
熱門踵相接、　　珍産或驚座。
世態蠅逐臭、　　人情蟻旋磨。
靑燈照一樽、　　歲時吾亦過。
何必有酬酢、　　久已無唱和。

2. 별세(別歲)

한 해를 보내는 게 사람과 헤어지는 것 같아
걱정이 없으면 조금도 더디지 않네.
내 얼굴과 머리털은 자꾸만 시들어가니
한번 가버리면 어찌 다시 쫓아가랴.
세월은 참으로 무정해서
우리 인생에는 끝이 있네.
오는 해는 또한 다시 올 테니
시간과 헤어지지 않은 적은 아직 없었네.
집집마다 음식과 술을 마련하니
술과 고기가 향그럽고도 기름지구나.
마침 나는 상을 당하고 있어
남은 슬픔까지도 아울러 쏟아지네.
가난하던 아내와 함께 살았던 해도
오늘로 영원히 끝나는구나.[1]
만나는 물건마다 옛 물건은 없으니
어찌 꺾이고 시들지 않을 수 있으랴.

別歲如別人、怱然不少遲。
賺我顏髮去、一去那復追。
光陰則無情、吾生也有涯。
來歲亦復爾、未有不別時。
家家說餞飲、尊俎香且肥。
我以奠帷宮、兼爲洩餘悲。
寒妻在時年、永從今日辭。
所遇無故物、焉得不頓衰。

왕명을 받들어 당나라의 시를 뽑고 나서

奉睿旨選全唐近體訖恭題卷後應令作 八首
1828

1.

〈국풍〉[1]과 〈이소〉[2]가 변해 내려와 삼당(三唐)이[3] 되었는
데,
시가 삼당에 이르렀다고 어찌 달라졌으랴.
한 가지 성정이 흘러서 백 가지 시체(詩體)가 되었으니,
만고의 강하(江河)가 지금까지도 길게 흐르네.

風騷遞降是三唐。　　詩到三唐豈別腸。
一性情流爲百體、　　江河萬古至今長。

■

* 이 시부터 《경수당전고》 제15책 〈강도록(江都錄)〉에 실려 있다.
1) 《시경》의 한 체(體)인데, 지방의 여러 제후 나라에서 백성들이 부르던
   민요이다. 〈국풍〉에는 주남(周南)으로부터 빈(豳)에 이르는 열다섯 나
   라의 민요들이 실려 있다. 공자가 《시경》을 엮으면서 이처럼 백성들의
   노래인 〈국풍〉을 가장 앞에다 놓은 까닭은 궁정이나 묘당에서 귀족들
   이 지어 부르던 공식적인 노래들보다도 이 노래들이 백성들의 마음과
   그 시대의 모습을 더욱 진솔하게 표현하였기 때문이다.
2) 초나라의 충신인 굴원(屈原, B.C.399~B.C.278?)이 참소를 당하여 추방
   되자, 자기의 슬픔과 억울함을 달래기 위하여 지은 노래이다. 굴원은 이
   노래 말고도 많은 노래들을 지어 남겼는데, 그의 제자인 송옥의 노래까
   지 함께 묶어서 《초사(楚辭)》라는 이름으로 전한다. '초나라 노래'라는
   책 이름 그대로, 이 노래는 북방 노래인 《시경》과 대조적으로 중국 남방
   의 노래를 대표한다.
3) 당나라 시를 발전단계에 따라서 세 시기로 나누었다. 즉 초당(初唐)·성
   당(盛唐)·만당(晚唐)의 세 시기이다. 또는 성당을 성당과 중당(中唐)으
   로 다시 나누어서, 네 시기로 구분하기도 한다. 두보와 이백이 활동하던
   시기가 바로 성당이다.

3.

송나라 시인들이 삼당을 잘 배웠네.
나의 천분을 아는 것이 바로 갈 길을 아는 것일세.
다만 육의(六義)⁴⁾를 가지고 끌어나가면
〈국풍〉과 〈이소〉도 나날이 새로워지리라.

善學三唐有宋人。　　盡吾天分卽知津。
但將六義相關挶、　　便是風騷日日新。

4.

성정의 근원을 찾을 재주가 없는 게 다만 걱정일세.
고금을 구별한다니 이 무슨 말인가.
당나라 일대에도 세 차례나 변했으니,
〈국풍〉과 〈이소〉만은 못해도 송·원⁵⁾의 길을 열었네.

但患無才溯性源。　　古今區別是何言。
卽唐一代中三變、　　上薄風騷啓宋元。

4) 시의 여섯 가지 체, 곧 풍(風)·부(賦)·비(比)·흥(興)·아(雅)·송(頌)이다.
5) 당나라의 뒤를 이은 송나라와 원나라의 시를 말한다.

홑잎 붉은 매화

單葉紅梅 1830

홑잎 붉은 매화가 우리나라에는 없어
월사(月沙)[1] 사당 앞에만 한 그루가 있었지.
유 종묘령이[2] 참으로 일 만들기를 좋아하여
지난해에 건장한 줄기를 하나 옮겨다 주었지.
내 사랑 석가산[3] 뒤에다 심었더니
내가 집을 나온 사이에 기다리지도 않고 꽃이 피었네.
올해엔 마침 꽃 필 무렵에 돌아오니
가지 사이에 불긋불긋 천 봉오리가 맺혔구나.
직무에 얽매여 다시 수레를 돌리며
푸른 담장머리로 꽃 그림자를 돌아다보네.
작은 꽃망울들은 남의 서글픈 속도 모르면서
시름이 가득한 듯 사람을 뇌살시키는구나.

---

1) 인조 때의 문장가인 이정구(李廷龜, 1564~1635)의 호이다. 벼슬은 우의
   정에 이르렀으며, 《월사집》 25권이 남아 있다. 상촌 신흠·계곡 장유·택
   당 이식과 함께 근세 사대가(四大家)로 손꼽힌다.
2) 종묘서의 우두머리인 종5품 벼슬이다. 유씨의 이름은 알 수가 없다.
3) 정원 가운데에 돌을 쌓아서 조그맣게 만든 산이다.

月沙祠前但一株。
去年一枝移健奴。
花開我出不相待。
枝間紅綴千蓓蕾。
靑粉墻頭顧映眄。
惱人如有滿腔愁。

紅梅單葉國中無。
兪宗廟令眞好事、
置我書廊假山背、
今年恰趂花時來、
職務牽迫又迴輈、
小鬟不解惆悵事、

우화노인의 《녹파잡기》에 쓰다
題藕花老人綠波雜記

1.

인생은 서경에서 죽어야 제격이라더니
금 녹이는 노구솥처럼 돈 쓰게 하는 곳이 여길세.
시구를 생황에 맞춘 노랫소리가 천고에 울리고 있어
아가씨들과 부귀한 사람들이 정지상이 말한 그대롤세.[1]

人生只合西京死、　　鍋子銷金是此鄕。
句裏笙歌千古咽、　　綠窓朱戶鄭知常。

2.

《판교잡기》 뒤를 잇는 《녹파잡기》를 보니
여담심[2] 이 지금의 우화노인일세.
여담심에 비하면 그대가 더욱 뛰어나니
마음을 다해 태평한 봄날을 묘사했기 때문일세.

■

* 우화노인은 개성 출신 문인 한재락(韓在洛)의 호인데, 자신이 만난 평양
　기생 66명의 이야기를 《녹파잡기(綠波雜記)》라는 소품으로 기록하였
　다. '녹파(綠波)'는 정지상의 〈서경(西京)〉 절구에서 따온 글자이니, 평
　양을 가리킨다. 역자가 연민 이가원 선생이 소장하고 있던 《녹파잡기》
　를 번역하여 2007년 김영사에서 출판하였다.
1) 고려 사간(司諫) 정지상의 서경(西京) 절구에 "푸른 창 붉은 문에 피리
　와 노랫소리, 이 모두 이원제자의 집이라네.[綠窓朱戶笙歌咽, 盡是梨園
　弟子家.]"라고 하였다.(원주)
2) 명나라 문인 여회(余懷 1616-1696)의 자가 담심(澹心)인데, 명나라 말

板橋記後綠波記、　　余澹心今藕老人。
更此澹心君又勝、　　盡情摹寫太平春。

3.
옥같이 고운 얼굴에 얼음같이 흰 비단옷 묘령의 아가씨들
우화노인이 시 읊는 배에서는 향 연기가 푸르게 피어오르네.
풍류를 즐기는 마음이 늙을수록 사라져 슬프고 두려우니
강남의 유경정3) 애간장 끊어지게 하네.

玉貌氷紈見妙齡。　　藕花吟舫篆烟青。
風懷老去恓惶甚、　　腸斷江南柳敬亭。

■
　　엽 화려한 남경(南京)의 기방(妓房)과 이름난 기생들의 풍정을 묘사한
　　소품서(小品書)《판교잡기(板橋雜記)》를 기록하였다.
3)《판교잡기》에서 기원(妓院)의 여러 압객(狎客) 가운데 한 사람으로 유경
　　정의 설서(說書)를 들었다. 한재락이 기생 이야기를 잘 전해 주었기 때
　　문에, 신위가 한재락을 유경정에 비유한 것이다.

4.

산골짜기 적막한 집에 돌아와 누우니
양주의 꿈같은 시절이 여전히 가슴을 맴도네.
책에 나온 허다한 풍류 이야기 가운데
오로지 괴불의 청사(靑絲) 가죽신 이야기가[4]가 기억에 남
는구나.

歸臥溪山寂寞齋。　　楊州烟月尙縈懷。
卷中多小風流話、　　只有青絲怪不鞵。

■
4)《녹파잡기》에 이런 이야기가 있다. "초제(楚娣)의 나이 열한살 때에 소
　윤(少尹)의 부름을 받고 (성밟기 놀이에) 갔다. 새로 내린 비에 길은 진
　흙투성이였고, 초제는 가죽신에 구멍이 나서 발이 아팠다. 길가에 서 있
　노라니 한 소년이 지나가다가 보고, 청사(靑絲) 가죽신을 벗어서 주고
　자신은 맨발로 갔다. 초제가 저녁에 돌아와 청사 가죽신을 잘 싸서 간직
　하고는, 이렇게 말하였다. '내가 처녀의 몸으로 남의 물건을 받았으니,
　여인의 행실을 지키려면 (이 인연을) 저버리면 안됩니다. 다음에 인연
　을 맺게 되면, 아마도 이것 때문이겠지요.' 소년의 이름은 괴불(怪不)이
　고, 나이는 아홉 살이었다고 한다."(원주)
　이 이야기는《녹파잡기》제46화에 실려 있다.

5.

점점이 푸른 산에 강줄기가 땅 위에 뻗어 있고
긴 둑에 풀빛이 암담하여 넋이 나가게 하는구나.
그대는 어찌 이 아름다운 곳에 오지 않는가.
명비가 자란 곳[5]이 여전히 마을로 남아 있는데.

點點靑山江抹坤。　　長堤草色黯銷魂。
君何不及於形勝、　　生長明妃尙有村。

6.

필묵으로 하는 노래와 춤이 맑은 연주로 바뀌고
옛 기방은 집집마다 차츰 겉모습 고쳐,
모두 육조 때 화려한 분위기로 변했으니
진홍은 대와 바위를 그리고 소미는 난을 친다네.[6]

■

5) 명비(明妃)는 한나라 원제(元帝)의 궁녀 왕장(王嬙)을 가리키는데, 소
 군(昭君)이라는 자로 더 잘 알려져 있다. 서한(西漢)의 도읍 장안(長安)
 을 서경(西京)이라 불렀으며 평양도 서경이라 불렀으므로, 여기에서 왕
 소군 이야기를 끌어들인 것이다.
6) 진홍(眞紅)과 소미(小眉)는 두 기생의 이름이다.(원주)
 진홍은 난을 잘 치는 평양 기생인데《녹파잡기》제12화에 등장하며, 소
 미는 난을 잘 치는 평양 기생 영희(英姬)의 자인데 제4화에 나온다.

毫歌墨舞換淸彈。　　舊院家家漸改觀。
盡化六朝金粉氣、　　眞紅竹石小眉蘭。

7.

눌인[7]을 못 본 지 삼십 년
손가락 끝에서 괴이하게도 구름과 안개가 나왔네.
술집 벽 위에 이름난 자취를 많이 남겼으니
배고프면 팔분서와 예서를 써 술값 대신 저당 잡힌 게지.

不見訥人三十年。　　指頭怪底出雲烟。
酒家壁上多名跡、　　分隷飢來當酒錢。

---

7) 명필 조광진(曺光振 1772-1840)의 호로, 손가락 끝에 먹물을 묻혀 예
　서를 쓰는 것으로 이름났다.《녹파잡기》권2 제1화에 그의 이야기가 실
　려 있다.

8.
연광정과 부벽루에 이는 물결 스러져야만
비로소 서경에서 만장의 이름이 다하겠지만,
지난해 이별하던 곳에
남은 정 매어두려는데 외기러기 소리 들리네.[8]

練光浮碧浪淘平。　　　始盡西京萬丈名。
可是去年離別處、　　　餘情欲繫斷鴻聲。

■
8) 홍산주(洪山柱)의 자는 만장(萬丈)인데, 그가 지은 〈육향도(六香圖)〉,
〈상춘가(傷春歌)〉, 〈강호별곡(江潮別曲)〉, 〈단장사(斷腸詞)〉 등의 여러
가사들이 평양에 널리 퍼졌다. 또 이런 시도 지었다.

　　문을 나서자 시름겨워 머뭇거리고 있자니
　　구름 밖에 외기러기 소리 들리네.
　　어찌 예전 이별하던 곳은
　　사람이 떠났어도 마음은 남아있는 것일까?

　　出門悄延竚、　　雲外斷鴻聲。
　　如何曾別處、　　人去更留情。 (원주)

꽃을 찾아서
尋花五絶句 1831

1.

수레 대신에 천천히 걸어 꽃을 찾아가니
황씨네 넷째 딸 집에 꽃이 막 피어나네.
시를 지으려고 종이와 붓을 찾지 마세,
시냇가 모래밭에다 손으로 쓰기 좋으니.

尋花緩步當輕車。　　黃四孃家花發初。
覓句不須呼紙筆、　　溪邊恰好細沙書。

4.

흰 구름 터진 곳에 또 다시 청산일세.
잔잔한 물 한 굽이에 봄기운이 있네.
빨래하는 아낙네 복사뺨이 붉으레한데
사람을 취하게 하는 나비들이 품안으로 날아드네.

白雲破處又靑山。　　春在淪漣水一灣。
浣女桃花醺臉際、　　醉人蝴蝶入懷間。

5.

밭갈이가 끝나니 석양이 먼 산에 걸렸네.
꽃에 홀린 대삿갓 나그네는 돌아갈 줄을 모르네.
한 마을에 누런 송아지가 스물네 마리나 있어[1]
들판 봄풀 사이에 점점이 흩어졌네.

耕罷夕陽生翠巒。　　迷花簑笠不知還。
一村二十四黃犢、　　散點平原春草間。

■
* 이 시부터 《경수당전고》 제17책 〈북선원속고(北禪院續稿)〉에 실려
  있다.
1) 이 마을에 농사 짓는 소가 마침 스물네 마리였다.(원주)

늦은 봄날 내리는 비를 보며
春盡日對雨 1832

조물주는 사사로움이 없지만 만물엔 한계가 있어
봄빛이 필경엔 뉘게 많이 돌아가려나.
제비 소리 꾀꼬리 소리가 정을 끌고
복사꽃 살구꽃이 아름다움을 자랑하네.
술잔을 들어 질병을 막으려 해도
몰아치는 비바람이 화사함을 덜어내네.
지난해 이러하고 올해 또 이러하니[1]
사람과 꽃의 목숨이 함께 스러지려네.

造化無私物有涯。　　春光畢竟屬誰多。
關情燕語酬鶯語、　　得意桃花殿杏花。
準備杯觴妨疾病、　　折除風雨損華奢。
去年如此今年又、　　人壽芳菲任共磨。

━
* 이 시부터 《경수당전고》 제18책 〈양연산방고(養硯山房藁)〉에 실려 있다.
1) 지난해(1831)에 형조참판 벼슬을 받았지만 병을 핑계로 사양했다. 올해
   엔 도승지로 임명되었지만 심한 참소를 받았다. 관직에서 물러나 시흥
   에 있는 자하산장에 은거하며 지은 시이다.

육십년 친구 영안부원군의
죽음을 슬퍼하며

哭永安國舅 三首 1832

3.

나를 알아줌이 뭇 사람에 앞서

총각 때부터 마음을 터놓은 지 육십 년이나 되었구려.

많은 사람들이 은혜를 입어 모두가 부처라고 했으니

일생의 뜻을 얻어 신선이 되시겠구려.

어려울 때에 못난 재주로 누를 끼쳤건만

나와 사귀던 도리 마침내 땅에 들어가 온전하겠네.

눈물 다해 슬픈 시 짓고 흰 머리를 돌리니

풀도 나무도 다 시들어 누구를 통해 전할건가.

受知本在衆人前。　　総角題襟六十年。

百口銜恩都繡佛、　　一生得意許登仙。

屯時自坐疎才累、　　交道終應入地全。

淚盡哀詩迴白首、　　草亡木卒賴誰傳。

■

* 김조순(金祖淳)은 호가 풍고(楓皐)인데, 신위와는 젊었을 때부터 사이
좋게 지내었다. 순조의 장인이 되어 영안부원군에 봉군되었으며, 안동
김씨 세도정치를 시작하였다. 노론이었기에 신위와 당파는 달랐지만,
신위가 어려움을 당할 때마다 도와주었다. 이 두 사람이 주고받은 시들
이 문집에 많이 실려 있다. 국구(國舅)는 임금의 장인이다.

내 시는 어느 시대 시인가

論詩用坡公答孔武仲韻 五首 1833

5.

예전에 본떠 지은 시들은 불태워 버렸으니
지금의 나는 어느 시대 어느 사람의 몸인가?
우스워라, 나 자신을 잊고 남에게 의탁하여
당시의 성률과 송시의 성리만 구구하게 집착하네.
나루를 찾다가 지쳐 길을 잃은 아이에게
부처님은 대자대비하였네.
대나무를 보고 마음속으로 그리려고 한다면
빨리 일어나 쫓아야지 더디면 잃어버린다네.

從前摹擬筆硯焚。　　現我何代何人身。
可笑依人自忘我、　　唐聲宋理區執紛。
疲於津梁失路兒、　　是佛之大悲大慈。
見竹胸中所欲畫、　　急起從之失小遲。

■
* 이 시부터 《경수당전고》 제20책 〈무헌집(橆軒集)〉에 실려 있다.

동파공의 적거(謫居) 삼적시에 차운하다

次韻坡公謫居三適詩 三首 1833

내가 해방(海防)[1] 이래로 비로소 동파공의 시 삼적(三適)[2]의 맛을 알게 되었다. 요즘 교체를 기다리며[3] 겨를이 생겼는데 붓과 벼루가 옆에 있기에 동파공이 도연명 시에 화운한 예를 가져다가 공의 삼적(三適)의 뜻을 천명하고자 한다.

1. 아침에 일어나 머리를 빗다(朝起理髮)

보통 사람은 머리와 살갗이 깨끗해야
천궁에 조회할 수가 있다네.
불에 익힌 음식으로도[4] 때를 벗을 수 있다면
어찌 반드시 적송자를 부러워하랴.
머리카락 깨끗해지는 것이 좋아서
마치 자귀질하듯 빗질을 했네.

■

1) 바닷가 관방(關防)을 지키는 직책인데, 신위가 1832년에 도승지(정3품)에 제수되었다가 탄핵을 받아 나아가지 않다가, 문책을 받아 평신진(平薪鎭) 동첨절제사(同僉節制使 종4품)로 좌천되었다.

2) 소동파가 지은 세 가지 시는 〈아침에 일어나 머리 빗기[朝起理髮]〉, 〈낮에 창가에 앉아서 졸기[午窓坐睡]〉, 〈밤에 누워서 발 씻기[夜臥濯足]〉이다.

3) 3월에 대사간(정3품)이 되었으나 바로 갈렸다. 이 시가 실린 〈무헌집 3(楙軒集三)〉에 1833년 3월까지 지은 시가 실렸으므로, 이 무렵에 지은 시인 듯하다.

4) 보통 사람들은 음식을 불에 익혀서 먹지만, 신선 수련을 하는 사람들은 생식을 한다. 적송자는 신농씨 때의 우사(雨師)인데, 나중에 곤륜산에 들어가 신선이 되었다고 한다.

어찌 머리만 가벼워질 뿐이랴.
온 몸의 맥이 시원하게 통하네.
아침에 혹시 늦게라도 일어나면
서둘러서 일을 시작해야 하네.
바다에 아침 햇살이 떠오르며 비치자
서늘한 기운이 발 사이로 스며드네.
바로 이때 빗을 가지고
말갈기가 바람에 스치듯 빗질을 하네.
새는 처음 둥지에서 일어나지만
나와 함께 일어나는 사람은 아무도 없네.
누가 세 번이나 머리칼 잡는5) 노고를 감당하랴만
세상사람 만날 일이 다행히도 드물어라.
귀양와 살면서 빗질을 즐기게 된 것도
내 일찍이 동파공에게 배웠기 때문일세.

■

5) 주공이 아들 백금(伯禽)에게 경계하여 말했다. "나는 천하에 천한 몸이
  아니다. 그렇지만 나는 한 번 머리를 감는 동안에도 세 번이나 씹던 것
  을 내뱉으며 일어서서 천하의 선비들을 만났다. 그렇게 하고서도 나는
  천하의 어진 사람들을 잃게 될까봐 오히려 두려웠다. ―《사기(史記)》
  〈노주공세가(魯周公世家)〉

凡夫髮膚潔、　可以朝天宮。
火食苟離垢、　何必羨赤松。
喜此髮垢淨、　運櫛如斤風。
豈惟頭腦輕、　爽利百脈通。
朝起咸已晏、　事應苦匆匆。
滄海纔浴日、　氣透簾幃重。
爬梳及此時、　如馬磨風鬉。
有鳥初起捿、　無人與我同。
誰堪三握勞、　幸稀俗迎逢。
居謫此爲樂、　我聞於坡公。

중양절에 광원과 술을 마시고
헤어진 뒤에

九日藍田崔氏莊韻 1833

술 한 잔으로 모든 걱정이 풀리니
우리의 담소는 세속의 즐거움과는 사뭇 다르네.
담백한 음식은 선가(禪家)의 계율을 지닌 듯하고
국화를 마주보니 도연명의 자태 같아라.
해는 서산마루로 차츰 저물어가고
기러기는 먼 하늘로 날아 글자를 이루며 추워지네.
도를 아는 가난한 집에 장물이 있다고 말했기에[1]
새로 지은 시가 싫지 않아 자주 들여다보네.

■

* 이 시부터 《경수당전고》 제21책 〈북원집(北轅集)〉에 실려 있다.

** 원 제목이 무척 길다. 〈광원(曠原 윤경집)은 불우한 선비이다. 중양절에
술을 먹고 헤어졌는데, 가슴속에 아쉬움이 있었다. 그래서 두보의 시집
가운데 오언과 칠언 율시에 차운하여 한번에 7수를 뽑아내고는 나에게
화운시를 요청했는데, 몹시 엄하고도 다급하였다. 나도 또한 한가롭게
지내다보니 마음 쓸 곳이 없어, 등불 아래에서 곧바로 화운시를 지었다.
잘못된 글자가 많이 보이니, 속인(俗人)과 더불어 말할 것은 못 된다.〉
이 시는 그 가운데 제5수이다.

1) 광원(曠原, 윤경집)의 시 가운데 "가난한 집 맑은 꽃 사이에 장물이 있
네.(貧家長物淡花間)"라는 구절이 있었다.(원주)

匏尊一倒百憂寬。　談笑殊非世俗歡。
淡食如持禪戒律、　黃花宛對晉衣冠。
日低西嶺亭亭暮、　雁度遙空字字寒。
解道貧家有長物、　新詩不厭屢回看。

금령과 하상을 위하여 시를 논하다

論詩爲錦舲荷裳二子作 1833

시를 배우는 데에도 본령이 있어
모방이나 답습을 해서는 이룰 수가 없네.
시 속에는 그 사람이 있어야 하고[1]
시 밖으로 사연이 느껴져야 하네.[2]
이 두 마디는 지극한 법칙이니
시를 배우는 사람이라면 반드시 기억해야지.
시인은 배움을 귀하게 여기지만
도의를 아는 것은 더욱 귀해라.
소동파가 두보를 논한 말 가운데
이 말이 바로 지극하게 떠받든 말일세.
푸른 옷을 입은 가장 곤궁한 사람이
스스로를 직과 설에게 견주었네.
이로써 언제나 사리를 삼으니
시에만 관계된다고 생각지 말게나.
시를 가지고 그 사람됨을 알 수도 있고
시대와 상황도 알 수가 있다네.

■

1) 곤산(崑山) 오교(鳴喬)가 시를 논한 구절이다.(원주)
2) 소동파가 두보의 시를 논한 말이다.(원주)

이것이 바로 시에는 내가 있어야 하는 까닭이니
그렇지 못하면 모두가 거짓이라네.
요즘 사람들은 스스로 자신을 잊고
당시와 송시가 다르다고 고집만 하네.
옛 것은 옳고 지금 것은 그르다고 하여
부질없이 깃발만 높이 세우고는,
스스로 일가를 세우지 못하고
일생을 커다란 집에 의지하여 사네.
예부터 〈국풍〉에서 시가 시작되었으니
작자의 비결을 널리 캐어라.
반드시 문호를 세울 필요는 없으니
마음을 모아서 올바로 보게나.
학문과 도의로써 도움을 받고
말을 부리면서 뜻을 주로 삼게나.
제 뜻이 강하고 부림이 약하면
명령을 내려도 이루지 못할 게 없다네.
내 성정의 느낌에 따라
한 도가니에 녹여 보게나.
내 역량이 미치는 곳이라면
고래 같은 힘도 좋고 비취같이 고와도 좋지.
단련하여 극치에 이르면

저절로 고금의 구별이 없어진다네.
풍류를 다 얻은 뒤에는
한 글자에도 얽매이지 말라던
사공도(司空圖)의 〈시품〉 이십사칙은
더욱 뛰어난 시론이라네.
그대들 박금령과 조하상은[3]
질박하게 배우면서 시를 가장 즐겼지.
나에게 언제나 이로운 말을 구하면서
부지런하고도 진지하였지.
금령은 영혜(靈慧)한 성품이고
하상은 질박한 그릇이니,
다음날 청출어람의 칭찬받으며
그대들 차례를 논하기도 쉽지 않을 걸세.
금침이 어찌 많이 있으랴
두어 마디 적어서 그대들에게 보이네.

■
3) 금령은 박영보(朴永輔)의 호이고, 하상은 조운경(趙雲卿)의 호인데, 두
  사람 다 신위의 제자이다.

學詩有本領、非可貌襲致。
詩中須有人、詩外尚有事。
二言是極則、學者須猛記。
詩人貴知學、尤貴知道義。
坡公論少陵、是其推之至。
青袍最困者、自許稷卨比。
是以尚有事、關係詩不翅。
因詩知其人、亦知時與地。
所以須有我、不然皆屬偽。
今人自忘我、區執唐宋異。
是古而非今、妄欲高立幟。
不能自作家、一生廊廡寄。
故自風人始、博究作者秘。
不必立門戶、會心之是視。
輔以學與道、役言而主義。
主強而役弱、有令無不遂。
隨吾性情感、融化一鑪錘。
力量之所及、鯨魚或翡翠。
鍛鍊到極致、自泯古今二。
盡得風流後、了不著一字。
王官廿四品、此其尤精粹。

錦舫與荷裳、　　樸學詩最嗜。
向我每求益、　　誠好頗勤摯。
錦舫靈慧性、　　荷裳質厚器。
異日青藍譽、　　未易論第次。
金針豈在多、　　二言拈以示。

귀양에서 돌아왔건만 그대가 없어

去年余之北轅也猶與家人趙氏相見今年賜環
也伊人不可見矣愴然吟成一絶 1834

올해의 내가 바로 지난해의 나 그대로건만
집에 돌아와도 그대가 없으니 내 마음이 어떻겠소?
정자 주렴 앞에 그대는 보이지 않고
푸른 벌레나 귀뚜라미하고만 마주 앉았다오.

今年我是去年吾。　　　情況胡然入室無。
丁字簾前人不見、　　　靑蟲相對絡絲紶。

<hr>

* 이 시부터 《경수당전고》 제22집 〈산방기(山房紀)〉에 실려 있다.
** 원 제목이 무척 길다. 〈지난해에 내가 북쪽(평산)으로 유배되었었는데,
　　그때에는 아내 조씨(趙氏)와 서로 만났었다. 올해에 돌아오라는 부르심
　　을 받았지만, 그 사람은 볼 수가 없었다. 서글퍼서 한 절구를 읊었다.〉
　　그의 정실 아내인 조씨(曺氏)는 자녀를 하나도 낳지 못하고 1827년에
　　이미 죽었다. 이 무렵에 죽은 아내 조씨(趙氏)는 그의 부실(副室)이었는
　　데, 네 아들과 두 딸은 모두 부실인 조씨(趙氏)에게서 태어났다.

더위에 시달리며

苦熱行 1834

올여름의 더위는 찌는 듯 괴로워서
중복이 지난 뒤에도 기세가 시들지 않네.
동산 정자도 더위를 피하기에는 도움이 안 돼
손님이 오면 놀림 받겠지만 웃통을 벗어붙였네.
못물까지 말라 밑바닥이 거북이 등처럼 갈라졌구나.
내리쪼이는 햇살에 기왓장까지 다 터졌네.
파초 잎은 병들어 바람에도 흔들리지 않고
열린 배는 시들어 말라붙은 잎에 감싸였네.
선(禪)에 정진하는 늙은 중도 처음 보는 더위라니
하물며 나처럼 떠돌다 남은 목숨이랴.
옛날의 두보 시인도 미친 듯 크게 외쳤다지만[1]
누울 수도 없고 앉을 수도 없네.
언제라야 눈 덮인 산 얼음 속을 달려볼 수 있을까?
이글거리는 화롯불 속에 잠시 잘못 빠진 거겠지.
체면도 내버린 채 알몸을 드러내고 싶지만
앵두보다도 큼지막한 모기들이 달라붙는구나.

■

1) 두보가 지은 시 가운데 "띠를 매니 너무 더워서 미친 듯 크게 외치고 싶
　네.〔束帶發狂欲大叫〕"라는 구절이 있다.

今夏之熱苦炎炎、　中伏之後勢益簸。
園亭無賴避暑居、　客至從嗔盤礌裸。
玄龜背折蝦蟆池、　赤烏嚼裂鴛鴦瓦。
纔尺病蕉風不搖、　小丸枯梨葉自裹。
入定禪老初見之、　飄泊餘生况如我。
發狂大叫杜陵翁、　臥不得臥坐不坐。
幾日頓超雪山氷、　一時誤墮洪爐火。
以身捨施欲露筋、　豹脚大於櫻桃顆。

결혼한 지 육십 년 다산을 축하하며

丙申春二月二十二日籜翁承旨與哲配洪夫人
合졸之是年是月是日也重開牢宴詩以賀之
二首 1836

1.

무슨 복으로 두 번째의 술잔을 감당하나,
흰 머리 부부의 맺은 연분 기이해라.
다산의¹⁾ 글솜씨를 하늘이 내었으니
거듭 주렴 사이에서 부채에 시를 쓰네.

何福堪消第二卮。　　白頭夫婦結緣奇。
天生五色茶山筆、　　重賦簾間却扇詩。

■

* 이 시부터 《경수당전고》 제23책 제24책 제25책 〈축성고(祝聖藁)〉에 실
  려 있다.
** 원 제목이 길다. 〈병신년(1776) 2월 22일은 탁옹 승지가 현철한 배필
  홍씨 부인과 혼인한 날이다. 이 해 이 달 이 날에 혼인잔치를 다시 베풀
  었기에, 시를 지어서 축하한다.〉
1) 탁옹은 호를 다산이라고도 하였다.(원주)

요즘 보혜와 선홍 두 스님의 편지를
잇달아 받았기에

近日連得普惠善洪二和尚信函 1836

마음은 출가했으니 머리를 기른 스님이라네.
여섯 시의 공양으로 벼루에다 밭을 간다오.
늙어서야 맑은 인정을 모두 보았으니,
산속의 스님과 먹으로 맺은 인연 일도 많다오.

心出家庵有髮禪。　　六時供養硯中田。
衰年閱盡人情淡、　　多謝山僧締墨緣。

■
* 청량사의 보혜 스님과 금선암의 선홍 스님으로부터 편지를 받고 지어
보낸 시이다. 보혜 스님이 청량사와 실상암 중간에 위치한 화엄선실에
머물면서 자하와 선문답을 주고받은 적도 있었다.

숲속 정자에서 한가로워라

林亭遣閑 1837

외떨어진 숲속 정자는 멀리 떨어진 들판과도 같아서,
빗장 질린 문 앞에 찾아와서 두들기는 나그네도 없다오.
부유스름한 막걸리가 담 위로 넘어 들어오고,
문에 내려진 발 머리는 제비둥지에 마주 닿았네.
꽃과 풀 어우러진 언덕으론 샛바람이 스쳤다 지나가고,
살구꽃 가지 끝에는 반쯤 내비친 맑은 달이 걸려 있어라.
시 짓고 그림 그려줄 빚이 봄 들면서 더 많아졌지만
게으름을 이기지 못해 붓과 벼루까지 내던졌다오.

地僻林亭似遠郊。　更無門鑰客來敲。
墻頭每過鵝兒酒、　簾額偏當燕子巢。
一霎東風芳杜岸、　半窺明月杏花梢。
詩逋畫債春來甚、　懶惰從嗔筆硯拋。

중양절을 맞아 도연명에게 화답하다

重九日和陶 二首 1837

2.

소동파도 구월 구일을 좋아하더니
나도 또한 평생토록 이 날을 좋아했네.[1]
사철 가운데 만물이 가장 아름다운 철
어찌 그 이름만을 사랑하랴.
단풍이 벌겋게 취해 골짜기 모습을 바꿔 놓더니
국화가 피어나며 울타리까지 밝아지네.
귀에 들리는 것마다 모두 마음에 느껴지니
만물이 모두 가을 소릴세.
꽃을 먹으면 오래 산다고 했지
술잔이 가득 차니 늙은 나이까지도 잊겠네.
숲 그림자가 거문고와 술동이 위에 지니
기우는 서산의 해를 붙잡아매고 싶어라.
나란히 사가(謝家)의 일을 감당하니
하물며 세상에 영화를 남기랴.
좋은 때를 놓칠 수 없으니
이 마음이야 예나 이제나 같지.

---

1) 소동파가 도연명에게 화답한 시에 "구일이 어떤 날이던가. 평생 동안 마음에 즐거운 날일세(九日是何日, 欣然愜平生)"라는 구절이 있다.(원주) 신위가 도연명의 〈기유세구월구일(己酉歲九月九日)〉에 화운하여 이 시를 지었다.

이 몸도 또한 해외에 태어나
도연명에게 화답하는 시 한편을 이루었네.

蘇子愛九日、	吾亦愜平生。
時最節物佳、	何獨愛其名。
楓酣洞壑改、	菊秀籬落明。
耳聽摠感心、	有物皆秋聲。
啜英可延年、	滿酌忘頹齡。
林影上琴樽、	欲繫西日傾。
並堪謝家務、	矧爾遺世榮。
良辰不放過、	古今同此情。
寓形亦海外、	和陶詩一成。

나의 고희를 축하한다는 시를 받고서

戊戌八月十一日僕七十生朝也梣溪侈以壽詩
卽用原韻爲謝 二首 1838

1.

인간 세상에서 칠십이 고희(古稀)의 해라던데
내가 무슨 복으로 이 잔치를 받게 되었나.
지금은 예사로운 시골 늙은이가 되었건만
일찍이 옥당에서 신선들과 노닐기도 했었지.
이미 성불(成佛)하여 한가롭게 모든 잡념을 떠났으니
내가 태어난 선천과 후천을 견주어서 무엇하랴.
스스로 연양을 얻어 한 가지 즐거움을 더했으니
보내준 시의 글자가 신랄하면서도 전편이 원만하더군.

人間七十古稀年。　　何福吾能有此筵。
且作尋常田舍老、　　亦曾追逐玉堂仙。
已知成佛閑商略、　　莫把生天較後先。
自得蓮洋添一樂、　　來詩字辣更篇圓。

■
* 원 제목이 무척 길다. 〈무술년 팔월 열하루는 내가 태어난 지 칠십 번째
의 생일이다. 침계가 장수를 축원하는 시를 보내어 축하하였다. 그래서
원래의 운을 빌려 써서 사례한다. 두 편이다.〉 침계는 그의 제자인 윤정
현의 호이다.

국화
菊十四絕句 1839

5.

추운 겨울에도 방장을 치지 않고
화분과 책을 둘러 바람막이를 하였네.
오리 화로에 차 끓이는 일만 빼놓는다면
상머리엔 온통 국화 향기뿐일세.

寒天受用不離房。　　盆盎圖書繞在傍。
睡鴨罏薰除一事、　　臥床渾是菊花香。

7.

손님 있으면 술잔 나누는 것도 참으로 좋은 생각이지만
손님 없을 때 혼자 마시는 것도 나쁘지는 않지.
오늘은 술병이 말랐다고 국화꽃에게 웃음 살까봐,
책을 잡히고 또 옷까지 잡혀서 술을 사오게 했네.

有客同觴固可意。　　無人獨酌未爲非。
壺乾恐被黃花笑、　　典却圖書又典衣。

■
* 이 시부터 《경수당전고》 제26, 제27, 제28, 제29집에 편집된 〈부부집
　(覆瓿集)〉에 실려 있다.

초의 선사에게

代書答草衣師幷序 1841

지난 경인년(1831) 겨울에 대둔사의 스님인 초의(草衣)가 자하산으로 나를 찾아와 자기의 스승인 완호삼여(玩虎三如)의 탑명(塔銘)을 내어놓으면서, 나에게 그 서(序)를 지어 달라고 하면서 글씨까지 부탁하였다. 서(序)는 초지어 주었지만 글씨는 미처 써주지 못한 사이에, 갑자기 내가 바닷가로 귀양하게 되었다. 내가 지었던 글들도 다 흩어져 없어지면서, 초의에게 지어주었던 서(序)의 초고까지도 또한 잃어버리게 되었다. 그래서 매우 한탄하였다. 그런데 올해 신축년(1841) 봄에 초의로부터 편지가 왔는데, 다행히도 그 서(序)의 부본(副本)이 바릿대 자루 속에 있었다. 그래서 꺼내보았더니, 십이 년이나 오래 된 글이었다. 거듭 읽어보니, 마치 급총(汲)에서[1] 발굴된 옛 글들 같았다. 그제서야 비로소 글씨를 썼으니, 탑석을 올리는 일이 초의의 소원대로 거의 끝나게 되었다. 먼저 시 한 편을 지어 축하하면서, 좋은 차까지 보내준 신의에 감사한다.

바닷가 산골로 귀양 가던 날에
정신없어 지었던 글들을 많이 잃었었지.
탑명을 한번 잃고 어쩔 줄 몰라 탄식했는데
선사가 베낀 글자 하나도 틀리지 않았네.
그대가 정리해 준 일이 천불(千佛)의 힘을 입었으니

■

1) 진(晉)나라 태강 2년에 급군(汲郡) 사람 부준(不準)이 위나라 양왕의 무덤을 도굴하다가, 선진(先秦)의 옛 책들을 발견하였다. 죽서(竹書)의 분량이 수십 수레나 되었다.

마음 쓴 게 좋이 십년은 되었겠지.
편지가 오니 완연히 그대 경실(經室)을 대한 듯
만들어 보낸 차의 풍미를 맛보리다.

海鎭山郵遷謫日、　　恓惶文藁在亡多。
塔銘一失嗟無及、　　禪墨重翻字不訛。
葳事終資千佛力、　　勞心好作十年魔。
書來宛對繙経室、　　風味分嘗自製茶。

나이가 몇인가 묻지를 마오

畿南卜僧愛女史纖小娟慧情願以筆墨待我旣
謝以老且爲詩贈之實自嘲也 1841

아미를 맑게 씻고 흰 모시 적삼을 입은 여인
충정을 말하는 듯 제비처럼 소곤거리는구나.
아름다운 여인이여 묻지를 마오 낭군의 나이가 몇인가를,
오십 년 전에 벌써 스물세 살이었다오.

澹掃蛾眉白苧衫。　　訴衷情語燕呢喃。
佳人莫問郞年幾、　　五十年前二十三。

* 원제목이 길다. 〈기남 변승애 여사는 가냘프고도 고왔으며, 또한 슬기
  로웠다. 그가 필묵의 시중을 들며 나를 모시겠다고 원하였다. 내가 늙었
  음을 들어서 사양하며 이 시를 지어서 주었으니, 나 자신을 스스로 조롱
  한 것이다.〉

어찌 우리더러 팔순 늙은이라고 말하나

今春鄭錫汝明府適自湖鄉來共賞花于雙檜亭
亭乃錫汝三十年舊宅也今屬張姓武人 1842

어찌 우리더러 팔순 늙은이라고 말하나[1]
남쪽 언덕으로[2] 술병을 차고 함께 봄놀이를 나왔네.
나막신 아래 이끼는 다시 찾아온 손님을 알아보고
손수 심은 소나무도 옛 주인을 맞이하네.
바위 골짜기에 붉게 찌는 꽃은 마치 비단 같고
산뜨락에 푸른 풀은 그대로 자리가 되네.
옛 친구들이 세상을 떠났다고[3] 마음 아파하지 마소
큰 잔으로 한 차례 더 돌리는 게 좋겠네.

----

* 원제목이 무척 길다. 〈올해 봄에 정석여가 마침 시골로부터 왔기에, 쌍
  회정에서 함께 꽃구경을 하였다. 쌍회정은 정석여의 삼십 년 전 옛집이
  었는데, 지금은 장씨 성을 가진 무인의 소유이다.〉
1) 나의 나이가 일흔넷이고, 석여의 나이는 일흔하나이다.(원주)
2) 정자 위에 바위가 있는데, 예전에 그 위에다 '남록은병(南麓隱屛)'이라
   고 크게 네 글자를 새겼다.(원주)
3) 쌍회정에서 예전에 함께 놀던 사람 가운데 이동강(李東江), 박성선(朴醒
   仙), 우초(雨蕉), 서국서(徐國瑞), 윤대유(尹大有), 정영중(鄭英仲), 홍희
   재(洪喜哉), 이경박(李景博) 등이 지금은 모두 세상을 떠나, 서글픔을 견
   딜 수 없다.(원주)

豈謂吾曹向八旬。　南屛携酒共尋春。
屐痕苔認重來客、　手種松迎舊主人。
巖洞蒸紅花似錦、　山庭茸綠草爲茵。
休傷故友凋零盡、　大酺不如添一巡。

큰아들 명준의 죽음을 슬퍼하며

哭兒命準 1842

강소성 절강성 사람들이 대하·소하라고 불렀는데[1]
소하는 먼저 가고 대하가 탄식하네.
어려서부터 익힌 시와 그림은 삼매경에 통한 데다
효성스런 봉양을 솔선하여 한 집안을 감화시켰네.
현감 노릇하다 죽었건만 벼슬 보따리는 텅 비어,
마을 사람들이 흐느끼며 상여를 전송하네.
책 읽어 글을 남겼으니 한(恨)이 없음을 알겠건만
마흔에 바삐 가는 사람을 내 어찌 할거나.

江浙人稱大小霞。　　小霞先去大霞嗟。
畫詩幼習通三昧、　　孝養身先化一家。
縣尉歸來空宦橐、　　巷民啼哭送靈車。
讀書留種知無恨、　　四十匆匆奈爾何。

■
* 신명준(1803~1842)은 음성현감으로 재임하다가 마흔 살에 죽었다.
1) 박사호(朴思浩)가 지은 연행록《심전고(心田稿)》권3〈춘수청담(春樹淸
   譚)〉에 춘수재 주인이 박사호에게 신위와 신명준 부자의 안부를 물은
   이야기가 실려 있다.

난초 그림을 보면서

題錦城女史芸香畵蘭 1843

사람은 그려도 한을 그리긴 어렵고
난초는 그려도 향기를 그리긴 어렵지.
향기를 그린 데다 한마저 그렸으니
이 그림 그리면서 그대 애가 끊겼을 테지

畵人難畵恨、　　畵蘭難畵香。
畵香兼畵恨、　　應斷畵時腸。

장마가 그쳐

霖雨新晴岱瑞相過園亭 1844

지루하게 한 달 내리던 비가
오늘은 개어 햇볕이 쬐네.
골목이 질퍽여 수레가 못 다니니
오마던 친구가 늦게야 왔구나.
내 시에 무슨 좋은 점 있으랴.
책 상자에 넣어 두어 좀 먹기에 알맞겠지.
그대는 찾아와서 한 마디 말도 없이
내 시부터 붙들고 읽어대는군.
한가로운 장막을 나비는 놀며 날아가고
먼 산은 말끔하니 새로 목욕했구나.
이러한 가운데 시경이 있어
그대만이 홀로 그 뜻을 깨달았어라.

支離一月雨、　　　有此晴日曝。
巷泥無車轍、　　　故人來不速。
吾詩有何好、　　　堪充蟫蠹簏。
君來無一言、　　　但把吾詩讀。
遊蝶過閑幔、　　　遠黛增新沐。
此中有詩境、　　　禪悟君應獨。

우리나라 시인들의 시를 논하다

東人論詩 絕句三十五首 1831

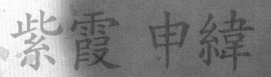

紫霞 申緯

1. 고운 최치원 · 소화 박인량

눈을 넓혀 중국의 문물을 모두 보았으니
개산(開山)의 시조로 공이 높아라.
고운(顧雲)이 "일부(一部)의 방여지(方輿志)"라고 했으니
"스님이 바둑을 두니 한낮이 한가롭네"라는 시와 다툴 만
해라.

放眼威儀覲漢官。　　功高初祖始開山。
顧雲一部方輿誌、　　爭及僧棊白日閑。

■

* 이규보는 《백운소설》에서 이렇게 말하였다. "최치원이 당나라에 들어가
과거에 급제하면서 파천황(破天荒)의 공을 세웠다. 그래서 우리나라의
학자들이 모두 그를 원조로 여긴다. 그의 시 가운데 '곤륜산이 동쪽으로
달려 다섯 산이 푸르고/성수해(星宿海)가 북으로 흘러 한강이 누렇구
나'라는 구절이 있는데, 그와 같은 해에 급제한 고운(顧雲)이 말하기를
'이 구절이 바로 하나의 〈여지지(輿地志)〉'라고 하였다.
학사 박인범과 참정 박인량도 또한 시를 잘 지어, 중국에 이름이 알려졌
다. 우리나라의 문헌이 중국과 통하게 된 것은 이 세 사람으로부터 시작
되었다. 참정 박인량의 시 가운데 '문 앞의 나그네는 거친 물결 속에서
급히 노를 젓건만/대나무 아래에서 스님이 바둑을 두니 한낮이 한가롭
네'라는 구절이 매우 아름답다."(원주)
최치원의 시와 인물에 대해서는 「한국의 한시」 제1권 《고운 최치원 시
선》에 자세하게 실려 있다.

2. 익재 이제현

우집·조맹부 여러 문인들과 함께 문장을 갈고 닦으며[1]
촉(蜀)과 오(吳)의 만리길도 장하게 지나다녔네.[2]
문장을 《이아(爾雅)》[3]처럼 승화시킨 솜씨
그 공로 지금까지도 크게 끼쳤네.

虞趙諸公共漸摩。　　蜀吳萬里壯經過。
文章爾雅陶鎔化、　　功到于今儘覺多。

---

* 신위의 원주에서는 이제현이 원나라에 들어가 당시에 이름난 네 학사
와 교유하면서 중국의 문물을 몸으로 익혀, 뒤떨어졌던 우리나라의 문
장을 《이아(爾雅)》의 경지에까지 끌어올렸음을 설명하였다. 이제현의
시와 인물에 대해서는 「한국의 한시」 제3권 《익재 이제현 시선》에 자세
하게 실려 있다.
1) 충선왕이 임금 자리를 아들 충숙왕에게 양위하고, 자신은 태위(太尉)
로 북경에 있으면서 만권당(萬卷堂)을 짓고 학문을 즐겼다. 이제현이
1314년에 부름을 받고 만권당에 가서 요수(姚燧)·염복(閻復)·원명선
(元明善)·조맹부 등과 교유하였다.
2) 1316년에는 사신으로 서촉에 다녀왔고, 1319년에는 충선왕을 모시고
강남 보타굴에 다녀왔다. 1321년에 충선왕이 원나라에서 참소를 받아
서번으로 귀양가자, 원나라 승상 백주에게 상소하고 일만 오천 리나 되
는 먼 길을 떠나 서번에 있던 충선왕을 배알하였다.
3) 중국 고대의 사전인데, 13경 가운데 하나이다. 주나라 주공이 지었다고
도 한다. 사물이나 어휘의 말뜻을 풀이한 책이다. 나중에는 올바르고 아
름다운 문장이나 말을 〈이아〉라고 비유하였다.

3. 목은 이색 · 정지상

이색은 언덕에 기대어 휘파람을 불었고
정지상은 푸른 물결에다 눈물을 보태었지.
웅혼하고 고와서 낮고 못함을 가리기 어려우니
헌칠한 대장부 앞에 아리따운 낭자일세.

長嘯牧翁倚風磴。　　綠波添淚鄭知常。
雄豪艷逸難相下、　　偉丈夫前窈窕娘。

* 내가 일찍이 이르기를 "평양에 대해 읊은 고금의 시들 가운데 절창(絶
唱)은 다만 두 편밖에 없다"고 하였다. 목은 이색이 지은 "언덕에 기대
어 휘파람 부니/산은 푸르고 강물은 저절로 흘러가네"라는 시와 정지
상이 지은 "대동강 물은 언제나 다하려나/헤어지는 이들의 눈물이 해
마다 푸른 물결에 보태질 텐데"라는 시 두 편뿐이다. 우리 왕조에 들어
와서 결국 이 시를 이을 자가 끊어졌다.(원주)

5. 척약재 김구용

도화관 밖에서 하늘 끝을 바라보니
대별산은 푸른데 봄날이 기울었네.
안개와 구름 같은 김척약의 글솜씨
이색으로 하여금 그 재주를 감탄케 했네.

桃花關外望天涯。　　　大別山靑春日斜。
下筆烟雲金惕若、　　　能敎牧老嘆才華。

■
* 허균이 지은 《성수시화》에 이런 말이 있다. "척약재 김구용의 시는 매우
  맑고도 넓다. 그래서 목은 이색이 '붓을 놀리는 솜씨가 구름과 안개 같
  다'고 칭찬하였다. 김구용이 일찍이 원나라에 사신으로 갔었는데, 자문
  (咨文)에다 말 오십 마리를 잘못해서 말 오천 마리라고 써넣었다. 고황
  제(高皇帝)가 명령하여 대리(大理)로 유배되었는데, 공이 이런 시를 지
  었다.

    죽고 사는 것이 명에 달렸으니 하늘인들 어쩌랴.
    동쪽에 해 뜨는 나라를 바라보니 길은 아득해라.
    좋은 말 오천 마리는 어느 날에나 올건가?
    도화관 밖에는 풀만 푸르게 우거졌네.

  무창을 지나가다가 또 '대별산은 푸른데 날이 벌써 기울었네'라는 구절
  도 지었다."(원주)

9. 퇴계 이황

하얀 학이 푸른 소나무에 깃들길 꿈꾸었지만
붉은 산 맑은 시내를 읊은 시도 좋아라.
한 필 비단이 펼쳐졌다고 강빛을 그리더니
공중의 밝은 달을 사다리로 오른다 했지.

夢牽白鶴靑松棲。　　詩好丹山碧水題。
摹寫江光橫匹練、　　空中明月近堪梯。

■
* 퇴계 선생이 청송(靑松) 군수가 되기를 구하였는데 뜻대로 되지 않고
  단산(丹山) 군수가 되었다. 그래서

　　푸른 소나무와 하얀 학은 원래 연분이 없지만
　　맑은 시내 붉은 산에 묵은 인연이 얽혔어라

  라는 시를 지었다. 또 연광정에서는 "공중에 밝은 달은 사다리로 오를
  만큼 가까워라"라는 시를 지었다.(원주)
  이황의 시와 인물에 대해서는 「한국의 한시」 제6권 《퇴계 이황 시선》에
  자세하게 실려 있다.

16. 용재 이행 · 읍취헌 박은

학문과 재주가 어울려 한 시대에 거론된
용재는 바른 깨우침으로 선문(禪門)에 들었네.
해동에도 또한 강서파가 있으니
늙은 나무 봄그늘 읍취헌일세.

學副眞才一代論。　　容齋正覺入禪門。
海東亦有江西派、　　老樹春陰挹翠軒。

■

* 《성수시화》에서는 이렇게 말하였다. "우리나라의 시는 마땅히 용재 이
  행을 으뜸으로 삼아야 한다. 그의 시는 심오하고도 화평스러우며, 아담
  하고도 무르익었다. 특히 오언고시(五言古詩)는 두보(杜甫)로 들어갔다
  가 진사도(陳師道)에게로 나왔으니, 예스럽고도 간중(簡重)하다."
  남용익은 《호곡시화》에서 이렇게 말하였다. "조선 초기 이래로 문체가
  오로지 소동파를 숭상하였는데, 읍취헌이 갑자기 황정견을 배우자 동료
  들이 모두 굴복하였다."
  내가 보기에 읍취헌의 시는 "봄그늘에 비 오려 해서 새들이 서로 지껄
  이는데/늙은 나무는 무정해서 바람만 혼자 슬프구나"라는 구절이 뛰어
  나다.
  그는 황정견과 진사도를 아울러 배웠다.(원주)
  이행과 박은에 대해서는 「한국의 한시」 제5권 《박은·이행 시선》에 자
  세하게 실려 있다.

17. 삼당파와 김정

재주가 뛰어난 삼당파 시인 최경창·백광훈·이달
학당(學唐)의 풍조를 거슬러 올라가면 충암에게서 시작되
었네.
뒷사람이 지은 '깊은 절간 외로운 배'의 구절이
'살구꽃이 가랑비에 주렴 위로 지다'라는 시보다 낫네.

才擅三唐崔白李、　　溯源風調始冲菴。
後來深院孤舟句、　　突過杏花微雨簾。

■

* 고죽 최경창·옥봉 백광훈·손곡 이달을 세상에서는 삼당파라고 불렀다.
  학당의 풍조는 충암 김정이 지은

  > 강남의 못다한 꿈이 낮에도 걷잡을 수 없어
  > 시름은 꽃다운 나이에 나날이 더하네.
  > 꾀꼴새와 제비도 오지 않고 봄이 다시 저물자
  > 가랑비에 지는 꽃이 주렴 위로 떨어지네

  라는 시에서 시작되었는데, 가장 뜻을 얻었다. 삼당파 시인 가운데는 손
  곡 이달이 최경창이나 백광훈보다는 뛰어났는데, 그의 시 가운데 '병든
  나그네의 외로운 배는 밝은 달빛 속에 있는데/늙은 스님의 그윽한 절간
  에는 떨어지는 꽃이 많구나'라는 구절이 있다.(원주)
  삼당파의 시와 인물에 대해서는 「한국의 한시」 제7권 《옥봉 백광훈 시
  선》, 제8권 《고죽 최경창 시선》, 제9권 《손곡 이달 시선》에 자세하게 실
  려 있다.

18. 호음 정사룡

"강물 소리 갑자기 거칠어지는데 달만 외롭게 걸렸네"라
는 구절을
허균은 일찍이 호음의 압권이라고 평하였네.
체험한 뒤에야 참됨을 알아낸 김득신은
황강에서 밤새도록 잠을 이루지 못하였네.

江聲忽厲月孤懸。　　早許湖陰壓卷篇。
實踐眞知金栢谷、　　黃江一夜不成眠。

■
* 김득신이 지은 《종남총지》에서 이렇게 말하였다. "호음 정사룡이 지은
시 가운데 '강물 소리 갑자기 거칠어지는데 달만 외롭게 걸렸네'라는
구절이 있는데, 어떤 사람이 '달만 외롭게 걸렸다와 강물 소리가 거칠어
진다는 말이 서로 어울리지가 않는다'고 평하면서 의아하게 생각하였
다. 그런데 허균만은 '이 노인의 이 시야말로 마땅히 압권'이라고 칭찬
하였다. 허균처럼 뛰어나게 시를 보는 안목으로 어찌 깊이 이해함이 없
었겠는가? 내가 일찍이 황강에서 잠을 잔 적이 있었는데, 한밤중에 여
울물 소리가 들렸다. 그래서 창문을 열고 내다보니, 지는 달이 외롭게
걸려 있었다. 그제서야 호음 노인이 경치를 묘사하고 글귀를 다듬는 솜
씨가 참다운 것을 알았다."(원주)
정사룡의 시를 의아하게 생각하고 깎아내린 비평가는 《지봉유설》을 지
은 이수광이다.

21. 석주 권필

백의(白衣)로 뽑히어 종사관이 되니
봉지(鳳池)[1]에 이른 것과 어찌 다르랴.
지금까지도 절창이라고 악부로 불리어지기는
송강의 가곡에다 석주의 시일세.

白衣妙選稱從事。　　何異將身到鳳池。
樂府至今傳絶唱、　　松江歌曲石洲詩。

■

* 명나라에서 사신이 오자 석주 권필이 백의(白衣)로 종사관에 뽑혔다.
선조가 그의 시를 시선에 넣었다. 간이 최립이 시를 지어 주었다. "들으
니 지존께서 시선에 넣어 주셨다니/봉지에 이른 것과 어찌 다르랴?"
송강 정철이 지은 가곡 가운데 〈장진주사〉가 있는데, 그 어조가 매우 슬
프고 처량하였다. 석주가 뒷날 송강 공의 무덤을 지나가다가 시를 지었
는데,

　　빈산에 낙엽 지는데 빗줄기만 쓸쓸하니
　　상국(相國)의 풍류도 이처럼 적막하구나
　　서글퍼라, 한 잔 술 다시 권할 길 없으니
　　그 옛날의 가곡이 오늘에 와 맞는구나.

지금까지도 악부로 노래되고 있으니 천고의 절창이다.(원주)
석주 권필의 시와 인물에 대해서는 「한국의 한시」 제11권 《석주 권필
시선》에 자세하게 실려 있다.

1) 왕궁 안에 있던 연못 이름인데, 나중에는 바뀌어서 중서성(中書省)이나
재상을 가리키는 말로 쓰였다.

22. 백운 이규보·매호 진화

진화와 이규보의 나란하던 이름을 그 누가 알랴.
조각 깃털 떨어진 금싸라기까지 작은 시 같아라.
'빽빽한 잎 사이 가려진 꽃, 구름 뚫고 나온 햇살'
'강에 내리는 봄비는 푸른 실오리 같아라'

齊名陳李有誰知。 　　片羽零金恰小詩。
密葉翳花雲漏日、 　　一江春雨碧絲絲。

■
* 한림 진화와 문순공 이규보는 나란히 이름을 날렸다. 진화의 시 가운데

> 작은 매화 떨어지고 버들도 어지러이 드리웠는데
> 아지랑이 밟으면서 느릿느릿 걷는다네.
> 고기잡이 집들 문 닫아 걸고 말소리도 적으니
> 강에 내리는 봄비가 푸른 실오리 같아라

라는 시는 맑고도 기발해서 외울 만하다. 이규보의 시 가운데

> 댓자리를 깔고 가벼운 옷으로 바람 맞으며 누웠는데
> 꾀꼬리 울음 두세 마디에 꿈이 그만 깨었네.
> 빽빽한 잎 사이에 가렸던 꽃은 봄이 지난 뒤에도 남아 있고
> 엷은 구름 뚫고 나온 햇살은 비속에서도 밝아라

라는 시는 읽을수록 시원해진다. 위의 말들은 허균이 지은 《성수시화》
에 보인다.(원주)
백운 이규보의 시와 인물에 대해서는 「한국의 한시」 제2권 《백운 이규
보 시선》에 자세하게 실려 있다.

24. 오산 차천로

만리장성에 말 달리던 티끌은 끊어졌지만
붓 휘두르던 기운은 아직도 넉넉하게 남았구나.
그 이름에 죽으려고 했다니 참으로 우스워라
문성(文星)에 응한 시인은 따로 있었네.

萬里長城馬絶塵。　　揮毫餘氣尙輪囷。
名心擬死眞堪笑、　　自有文星上應人。

* 오산 차천로가 스스로 이렇게 말하였다. "만리장성에다 종이를 붙여서
  말을 타고 달리며 붓을 휘두르게 한다면, 성이 먼저 끝날지언정 내 시는
  막히지 않을 것이다."
  김득신은 《종남총지》에서 이렇게 말하였다. "허균이 사신이 되어 중국
  에 들어갔는데, 한 성관(星官)이 말하기를 '청구(靑邱) 방면에서 규성
  (奎星)이 빛을 잃었으니, 문장가가 마땅히 죽을 것'이라고 하였다. 허
  균이 스스로 죽음으로써 그 예언에 들어맞고 싶어했다. 그렇지만 압록
  강을 건넌 뒤에 오산이 죽었다는 소식을 듣고는 깜짝 놀라서 실망하였
  다."(원주)

28. 오봉 이호민

임금의 마음은 아득해서 강물에 임하였건만[1]
조정의 의논은 처량하게 저녁 햇볕만 마주했네.
강엄(江淹)[2]의 재주가 말랐다고 말하지 마소
오봉의 재주 뛰어났으니 한 시대에 드물어라.

天心錯莫臨江水、　　　廟算凄凉對夕暉。
休說江郞才欲盡、　　　五峯劘墨一時稀。

■

* 남용익은 《호곡시화》에서 이렇게 말하였다. "오봉 이호민은 천재로 세상에 이름을 떨쳤는데, 늙어가면서 재주가 다 떨어졌다고 탄식하였다. 그러나 '임금의 마음은 아득해서 강물에 임하였건만/조정의 의논은 처량하게 저녁 햇볕만 마주했네' 같은 구절은 당시의 동료 시인들이 감히 바라보지도 못하였다고 한다"(원주)
1) 임진왜란 때에 조정이 의주까지 피난하였다. 임금과 대신들이 통군정에 올라가, 압록강을 건너 중국으로 망명할 것인지, 아니면 왜군들과 싸워 나라를 지킬 것인지 의논하였다.
2) 남조(南朝)의 문장가. 젊었을 때에는 문장으로 이름을 얻어, 세상 사람들이 강랑(江郞)이라고 불렀다. 그러나 늙어가면서 재주가 시들어져, 글을 지어도 아름다운 구절이 없었다. 그래서 세상 사람들이 "강랑의 재주가 다하였다"고 탄식하였다.

30. 난설헌 허초희

규방의 여인들 이름 떨치길 꺼리는데
난설헌은 세상에서 칭찬과 모욕이 분분해라.
부용꽃 스물일곱 송이 붉게 떨어지는데
돌아갈 길 광한전을 웃으며 가리키네.

閨媛亦忌盛名中。　　蘭雪人間議異同。
紅墮芙蓉三九朶、　　歸程笑指廣寒宮。

---

* 난설헌 허씨는 규수 가운데 으뜸이다. 중국 사람들도 난설헌의 문집을
다투어 사들였다. 홍경신이나 허적 같은 사람들이 "난설헌의 시 가운데
두어 편 밖에는 모두 다른 사람들이 지은 것이다. 〈백옥루상량문〉도 또
한 허균이 지은 것"이라고 말하지만, 우스운 이야기다.
　허균은 《학산초담》에서 이렇게 말하였다. "누님이 평일에 꿈을 꾸고는
시를 지었는데

　　푸른 바닷물이 구슬 바다에 스며들고
　　푸른 난새가 채색 난새에게 기대었구나.
　　부용꽃 스물일곱 송이가 붉게 떨어지니
　　달빛이 서리 위에서 차갑기만 해라

세상을 떠날 때에 나이가 스물일곱이었으니, 마치 삼구(三九)의 수가
들어맞은 것 같다. 길고 짧음이 미리 정해져 있으니, 커다란 운수를 어
찌 벗어날 수 있으랴?"(원주)
　허난설헌의 시와 인물에 대해서는 「한국의 한시」 제10권 《허난설헌 시
집》에 자세하게 실려 있다.

31. 의고(擬古)의 학풍

왕세정과 이반룡의 기울어진 물결이 동방에 스며[1]
당시에 옛을 본뜨는 문장들이 풍조를 이루었네.
성정이 유출되었으니 어디에서 보랴
천하의 문장가들이 모두 한 수레바퀴 자국일세.

王李頹波日漸東。　　當時摹擬變成風。
性情流出於何見、　　只好千家軌轍同。

■

* 선조 임금 때에 옛 문장을 본뜨자는 왕세정과 이반룡의 학풍이 성행하였다. 그래서 사람마다 옛 문장을 답습하였고, 집집마다 하찮은 문장까지 그대로 흉내내었다. 스스로 일가를 이룰 만한 문장은 다시 없었으니, 이로부터 시도(詩道)가 시들었다.(원주)
1) 왕세정과 이반룡은 명나라 말기의 문장가들인데, "문장은 진(秦)과 한(漢)을 배우고, 시는 당(唐)을 배우자"고 복고주의를 주장했다. 이들 후칠자(後七子)의 문집이 우리나라에서도 많이 익혔다.

33. 괴애 김수온·백곡 김득신

서재의 이름까지 '억만재'라고 스스로 이름지었지.
김득신 이전에 김수온도 그랬다네.
속이 비고도 스스로 시인이라고 내세우는 자,
어찌 아름다운 경지에 쉽게 이를 수 있으랴?

書屋自名億萬齋。　　　前於栢谷有乖崖。
空疎自命詩人者、　　　容易那能到得佳。

---

* 김득신이 《종남총지》에서 이렇게 말하였다. "옛날의 문장가 가운데 부지
런히 글을 읽어서 그러한 경지에 도달하지 않은 사람이 없다. 세상에 전
해오는 말에 의하면 '김수온은 문을 닫고 책을 읽다가 대청을 내려서서
낙엽을 보고야 비로소 가을이 되었음을 알았다'고 한다. 나는 성질이 노
둔해서, 책을 읽는 공력을 남들의 갑절이나 들였다. 특히 《사기(史記)》
가운데 〈백이전(伯夷傳)〉을 가장 좋아하여, 일억 일만 삼천 번이나 읽었
다. 그래서 나의 조그만 서재에다 이름 짓기를 '억만재'라고 하였다.
지난 경술년에 팔도에 큰 전염병이 돌아 경향 각지에 시체가 마치 산처
럼 쌓였다. 그래서 어떤 사람이 나에게 우스개 소리로 '올해에 죽은 사
람과 그대가 책을 읽은 숫자를 비교한다면, 어느 쪽이 더 많은가?'라고
묻기도 하였다."(원주)

34. 택당 이식

천하에 몇 사람이 두보를 배웠나
집집마다 떠받들긴 동방이 으뜸일세.
《두시비해(杜詩批解)》를 보다가 얻는 바가 있으면
택당 이식의 공로를 먼저 생각하시게.

天下幾人學杜甫、　　　家家尸祝最東方。
時從批解窺斑得、　　　先數功臣李澤堂。

■

* 우리나라에서 두보의 시를 배우는 사람들이 단지 그 정수를 얻지 못할
뿐만이 아니라, 그 겉모습이나마 터득하는 사람도 드물었다. 택당이 지
은 《두시비해》에 이따금 지지할 곳이 있으니, 처음 배우는 자들에게 도
움을 주는 것이 많다. 나도 또한 젊었을 때에 이 책을 보고 시를 배웠
다.(원주)

35. 청음 김상헌

맑은 구름 가랑비가 소고사에 내리니
국화는 빼어나고 난초는 시드는 팔월이라네.
문예를 논하던 날 왕사정이 마음으로부터 탄복했으니
오늘에 와서 나라를 빛낼 문장이 그 누구인가?

淡雲微雨小姑祠。　　菊秀蘭衰八月時。
心折漁洋談藝日、　　而今華國屬之誰。

■
* 어양 왕사정이 〈논시절구〉에서

　　맑은 구름 가랑비가 소고사에 내리니
　　국화는 빼어나고 난초는 시드는 팔월이라네.
　　조선 사신의 시를 기억하고 있으니
　　과연 동쪽 나라 사람들이 시를 알더군

　이라고 했는데, 이것이 처음 김상헌의 시이다. (원주)

부록

紫霞 申緯

신위의 시와 인생에 대하여

1. 가계와 생애

신위는 본관이 평산이니, 그의 시조는 고려의 개국공신 장절공 신숭겸이다. 평산 신씨는 세종대에 좌의정에 오른 문희공 신개 때부터 서울의 귀족이 되었으며, 여러 대에 걸쳐 학자·문인·장군·예술가들이 많이 배출되었다.

그의 아버지 신대승은 동지사가 되어 북경에 다녀온 뒤에, 사간원 대사간·성균관 대사성·사헌부 대사헌 등의 벼슬을 역임하였다. 그의 외조부는 정언 이영록이며 처조부는 예문관 대제학을 지내고 글씨에도 뛰어난 조명교이다.

호조참의와 지돈녕부사를 역임한 그의 장인 조윤형도 초서와 예서를 잘 썼으며, 풀과 바위와 대나무를 잘 그렸다.

신위는 영조 45년(1769) 8월 11일, 서울 장흥방에서 신대승의 차남으로 출생하였다. 자는 한수(漢叟), 호는 홍전(紅田)이라고 하였다가, 뒤에 자하(紫霞)로 바꾸었다. 그가 어렸을 때에 경기도 시흥의 자하산 별장에서 글공부를 하였기 때문이다.

16세에 당시 예조좌랑이던 창녕 조씨 윤형의 딸과 혼인하였으나, 불행히도 조씨(曺氏)에게는 자녀가 없었다. 그러므로 신위의 4남 2녀는 모두 부실 조씨(趙氏)의 소산이다.

31세가 되던 정조 23년(1799)에 실시된 알성시의 문과 을과에 합격하여, 그 이듬해 4월에 의정부 초계문신(抄啓文臣)으로 발탁되었다. 등과하기 이전에 정조가 신위의 재주를 들고 편전에 불러 그 재주와 학문을 시험해 본 적이 있었기 때문이다.

이후 10년 동안 한직에 머물다가 순조 11년에야 비로소 내직으로 옮겨 정3품에 올랐다. 이어 청나라로 가는 주청사의 서장관이 되어 북경에 따라갔는데, 이 연행(燕行)이 신위가 '유소입두(由蘇入杜)'의 기치를 내세운 동기가 되었다.

신위는 북경에서 당대의 석학인 담계(覃谿) 옹방강(翁方綱, 1733~1818)과 사귀게 되어, 청나라의 시학(詩學)에 대하여 물었다. 이 만남에서 감동을 받고는 돌아와서 그때까지의 글들을 모두 불태워 버렸다. 그는 곡산부사를 거쳐서 나이 쉰에 춘천부사로 부임하였는데, 이 동안에 가장 많은 책을 읽었고, 가장 많은 시를 지었다.

원호문이 1249년에 엮은 원나라 때의 시집《중주집(中州集)》10권을 독파했고, 임정이 필사한 허균의 문집《성소부부고(惺所覆瓿藁)》의 초본을 구해 읽었으며, 옹방강의《복초재시집(復初齋詩集)》도 이때 읽은 것으로 추측된다.

왕사정의 〈추류시(秋柳詩)〉를 바탕으로 한 〈후추류시(後秋柳詩)〉20수를 비롯하여, 〈맥풍 12장(貊風十二章)〉과 고적을 읊은 기행시들을 많이 남겼다.

1년 6개월의 재임 중에 200수의 시를 지었으니, 그의 시는 이때부터 난숙기에 이르렀다. 1819년 가을에 제멋대로 날뛰는 토호를 억누르다가 도리어 견책당하여 서울로 돌아왔다. 이듬해에는 18년간의 유배생활을 마치고 마현리 본집으로 돌아온 정약용·정학연 부자와 사귀었으며, 당나라 시인 백낙천이 지었던 〈신악부오십수(新樂府伍十首)〉에 비길만한 〈잡서(雜書)〉50수를 이 시기에 지었다.

이는 정치·경제·제도·병사(兵事)·계급·풍습 등 국가 사회가 당면하고 있는 여러 문제들을 제기하고, 이를 개선한 방책을 제시하거나 비판하고 풍자한 풍유시(諷諭詩)로서, 성호 이익이나 다산 정약용이 주장한 사회개혁의 내용과 일치하는 점이 많이 있다.

1827년에 부인 조씨가 죽자 〈도망육절(悼亡六絶)〉과 〈도망후오절(悼亡後伍絶)〉을 지어 슬픔을 달랬지만, 3년 전부터 앓고 있던 다리의 병이 더욱 악화되어 인생에 대해 비애와 허무를 느끼게 되었다. 그래서 불교에 대하여 많은 관심을 가지게 되었다.

문조(文祖, 1809~1830)가 대리청정(代理聽政)을 시작한 다음 해(1828)에 강화유수가 되었으며, 문조로부터 당시절구(唐詩絶句)를 뽑아 바치라는 명을 받았다.

이듬해에는 문조가 '양연산방(養硯山房)'이라는 어액(御額)을 하사하였다. 그러나 문조가 갑자기 승하하고 외척이 정권을 장악하게 되자, 그들의 미움을 받아 강화유수를 사임하였다. 그래서 자하산장으로 돌아와 우리나라 역대시인들의 시를 시로써 논평한 〈동인논시절구삼십오수(東人論詩絶句三十伍首)〉를 비롯하여, 36종의 매화를 읊은 〈매화삼십육영(梅花三十六詠)〉과 시조를 칠언절구로 한역(漢譯)한 〈소악부사십수(小樂府四十首)〉 등을 지었다. 1832년 10월 29일에 순조가 도승지를 제수하여 불렀지만, 신위는 개양문 밖에서 대죄(待罪)하고 입궐하지 않았다. 순조가 하룻밤 사이에 27차례나 엄명을 내려 도승지에 취임하라고 재촉하였지만, 끝내 불응하였다.

순조는 결국 11월 1일에야 그를 평신진첨사로 제수하였다. 그 뒤 유배생활과 도승지·대사간·호조참판 등의 벼슬을 역임하다가 고희(古稀)를 맞고, 둘째아들 명연이 홍원의 사또로 가 있었으므로 함경도 여행길에 올랐다.

헌종 9년(1843)에 가의대부(嘉義大夫)의 가자를 받았지만, 그 이듬해에 노환으로 자리에 눕게 되었다.

헌종이 사람을 보내어 문병하고 녹용을 하사할 정도로 그를 아꼈지만, 결국 그 이듬해 3월 서울 장흥방 자택에서 77세의 나이로 그 화려했던 붓을 놓고 말았다.

2. 문학의 연원

신위는 소동파의 시를 배워서 두보의 시로 들어섰다. 그런데 이렇게 '유소입두(由蘇入杜)'의 기치를 들고 시학을 연찬하면서도, 그는 두보와 소동파만을 배움의 대상으로 하지는 않았다. 중국의 역대 시인 가운데 두보와 소동파를 공부한 시인들을 두루 학시(學詩)의 대상으로 삼았다. 아름다운 구절을 찾기 위해서 마음을 쓴 것이다.

그 가운데서도 시의 최고봉인 두보와 소동파를 목표로 하되, 금(金)·원(元)·청(淸)의 대가인 원호문·우집·왕사정을 익히고, 옹방강과는 직접 수작까지 하면서, 시의 상승(上乘)을 모두 알기에 힘썼다. 여기에서 조선조 시(詩)·문(文)·서(書)·화(畵) 사절(四絶)로서 시인 신위가 탄생한 것이다.

그는 두보 시와 소동파 시의 주석서를 널리 구해서 읽었는데, 단순히 여러 학자들의 주석을 무비판적으로 수용한 것이 아니라, 하나하나 검증하고 관찰하여 취사선택하면서 정독하였다. 학시(學詩)에 대한 그의 치밀하고도 진지한 탐구정신을 이에서도 엿볼 수 있다. 청나라 고증학의 영향 때문이다.

그는 중국 14대가의 시문만을 배운 것이 아니라, 이제현·최립·허균 등 우리나라 시인들의 시문집까지 인증하여 자신의 문학적 세계를 심화시켰고, 또 이들의 작품을 차운하거나 그 고사를 시어로 채택하였다.

그는 《칠율시선(七律詩選)》을 엮으면서 칠언율시는 고시(古詩)에서 진화된 근체시(近體詩)라고 인식했으며, 초당(初唐)과 명나라 시인들의 시는 시선(詩選)에서 제외하였다. 이 점은 심덕잠이 엮은 《별재(別裁)》와도 상통하는 안목이다.

3. 신위 시의 특성

그는 '시화일지(詩畵一指)'와 '시선일치(詩禪一致)'의 표현법과 복구법(複句法)을 애용하였으며, 불교사상과 우리 민요와 가곡까지도 시의 소재로 선택하였다.

한 시인의 시 세계를 한 편의 짧은 절구를 지어 논평한 〈동인논시절구〉도 그의 시가 지닌 특성이며, 〈잡서〉 50수의 풍자와 〈소악부〉 40수에서 보인 시조의 한역(漢譯) 솜씨도 그만이 지닌 특성이다.

'유소입두(由蘇入杜)'의 학시와 77년 생애가 어우러져 이루어진 그의 시가 보인 이러한 특성과 방대한 작품을 들어서, 멀리 중국 망명지에서 그의 시집을 간행한 창강 김택영은 그를 가리켜 '우리 조선조 오백년의 제일 대가'라고 평하였다.

― 손팔주(부산여대 교수)

연보

- 1769년(영조 45), 서울 장흥방에서 태어났다. 자는 한수(漢叟)이고 호는 홍전(紅田)이었는데, 나중에 자하(紫霞)로 바꾸었다. 그가 어렸을 때 경기도 시흥의 자하산 별장에서 글을 읽었기 때문에 스스로 그렇게 지은 것이다. 아버지 대승(大升, 1731~1795)은 평산 신씨의 후예로 이듬해 문과에 장원급제하였으며, 대사성·대사간·대사헌을 역임하였다.

- 1777년(정조 1), 글을 배우기 시작하였다.

- 1784년, 예조좌랑이던 창녕 조씨 윤형의 딸과 결혼하였다. 정실부인인 조씨(曺氏)는 끝내 자녀를 낳지 못하였다. 그의 4남 2녀는 모두 부실 조씨(趙氏)가 낳았다.

- 1795년, 아버지가 죽었다.

- 1799년, 문과에 을과로 급제하였다.

- 1800년, 의정부 초계문신(抄啓文臣)으로 뽑혔다.

- 1812년(순조 12), 주청사(奏請使) 서장관(書狀官)으로 북경에 갔다가, 당대의 석학인 옹방강(翁方綱) 부자와 사귀었다. 청나라 시에 대해 배우고는 감동되어, 돌아와서 지난날의 시들을 태워 버렸다. 지금 그의 문집에는 1811년 이후의 작품들만 실려 전한다. 12월에 승지가 되었다.

- 1813년, 곡산부사가 되었다. 전염병으로 피폐된 고을을 구하려고 세금과 부역의 탕감을 조정에 탄원하였다.

- 1816년, 승지가 되었다. 곡산의 백성들이 길을 막고서 유임해 달라고 간청하였다.

- 1818년, 춘천부사가 되었다.
- 1819년, 가을에 춘천부사를 사임하였다. 토호의 횡포를 억 누르다가 도리어 장관으로부터 견책을 당하여, 할 수 없이 관인을 바치고 떠난 것이다. 춘천의 백성들이 경계를 넘도 록 쫓아와서 전송하며 흐느껴 우는 이들이 많았다.
- 1821년, 장흥방 자택에서 쉬었다. 다산 정약용 부자·추사 김정희 등과 사귀었다.
- 1822년, 병조참판으로 복직하였다.
- 1823년, 사간원 대사간이 되었다.
- 1827년, 부인 조씨가 죽었다. 3년 전부터 앓고 있던 다리 의 병이 더욱 악화되자, 인생의 비애를 느끼고 불교에도 관 심을 가졌다.
- 1828년, 강화유수가 되었다.
- 1830년, 문조(文祖)로부터 "양연산방(養硯山房)"이라는 친필 을 하사받았다. 문조가 갑자기 죽자 외척들의 미움을 받고 7월에 강화유수를 사임하였다. 외척들에게 탐관오리로 몰 렸다가 김조순의 변호로 풀려나 자하산장으로 은퇴하였다.
- 1832년, 도승지에 임명되었지만, 반대당에게 탄핵 당하였 다. 10월 29일에 순조가 다시 도승지를 제수하여 불렀지 만, 개양문 밖에서 대죄하고 입궐하지 않았다. 순조가 하룻 밤 사이에 27차례나 엄명을 내려서 도승지에 취임하라고 재촉하였지만, 끝내 불응하였다. 11월 1일에 평신진첨사를 제수하였다.
- 1833년, 3월에 사간원 대사간으로 소환되었지만 강화유수 재직시의 독직사건으로 평산에 유배되었다. 경기암행어사 이시원이 탄핵한 것이다.
- 1834년, 4월 유배지에서 풀려나 가을에 도승지에 제수되

었다.

- 1835년(헌종 1), 이조참판·대사간·병조참판 등을 역임하였다.
- 1838년, 호조참판이 되었다.
- 1839년, 8월 11일에 고희 잔치를 하고, 6개월 휴가를 얻어 9월부터 관북을 여행하였다. 둘째 아들 명연이 홍원에 수령으로 재임해 있었기 때문이었다.
- 1844년, 76세에 노환으로 자리에 눕자, 임금이 사람을 보내어 문병하고 녹용을 하사하였다.
- 1845년, 서울 장흥방 자택에서 죽었다. 자하산에 묻혔다.

原詩題目 찾아보기

옮긴이 **허경진**은 연세대학교 국어국문학과를 졸업하고,
같은 대학원에서 문학박사 학위를 받았다. 목원대학교 국어교육과 교수와
열상고전연구회 회장을 거쳐, 연세대학교 국문과 교수를 역임했다.
《한국의 한시》 총서 외 주요저서로는 《조선위항문학사》,《허균 평전》,
《허균 시 연구》,《대전지역 누정문학연구》,
《성호학파의 좌장 소남 윤동규》 등이 있고,
옮긴 책으로는 《연암 박지원 소설집》,《매천야록》,
《서유견문》,《삼국유사》,《택리지》,《허난설헌 시집》,
《주해 천자문》,《정일당 강지덕 시집》 등 다수가 있다.

韓國의 漢詩 18

紫霞 申緯 詩選

초   판 1쇄 발행일   1991년 3월 7일
초   판 2쇄 발행일   1994년 10월 28일
개정증보판 1쇄 발행일   2022년 2월 5일

옮 긴 이   허경진
만 든 이   이정옥
만 든 곳   평민사
           서울시 은평구 수색로 340 〈202호〉
           전화 : 02) 375-8571
           팩스 : 02) 375-8573
           http://blog.naver.com/pyung1976
           이메일 pyung1976@naver.com
등록번호   25100-2015-000102호
ISBN   978-89-7115-818-0   04810
           978-89-7115-476-2 (set)
정   가   12,000원